南 英男

刑事《デカ》くずれ

実業之日本社

実業之日本社文庫

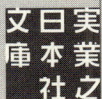

目次

刑事《デカ》くずれ

第一章　償《つぐな》いの犯人捜し

1

拳《こぶし》を叩き込む。

顔面にヒットした。手応《てごた》えは重かった。体重《ウェイト》を乗せたストレートパンチだった。

脅迫者がのけ反《ぞ》った。自宅マンションの玄関内だった。

郷力恭輔《ごうりききょうすけ》は船橋一紀《ふなばしかずのり》の部屋に踏み込むなり、無言で殴りつけた。先制攻撃には、それなりの効果がある。

部屋の主は元やくざだった。船橋は組の金を着服し、半年前に破門されていた。いまは無職だ。三十二歳で、独身である。凶暴な面構《つらがま》えをしているが、上背はなかった。中肉だった。

七月上旬の夜である。

外は雨だった。梅雨《つゆ》が明けるのは、まだ先だろう。

船橋の自宅は世田谷区の下北沢《しもきたざわ》にある。借りているのは三〇五号室だった。

「誰なんでえ、てめえは！」

「さあ、誰かな」

郷力は玄関ホールに上がった。

土足のままだった。すぐに船橋の股間《こかん》を蹴《け》り上げる。的《まと》は外さなかった。

船橋が呻《うめ》いて、顔を歪《ゆが》めた。両手で急所を押さえながら、その場にうずくまる。

すかさず郷力は、船橋の口許《くちもと》を蹴った。強烈な前蹴りだった。

歯の折れる音が響いた。船橋がむせながら、血塗《まみ》れの前歯を二本吐き出した。口の周《まわ》りは鮮血に染まっている。

「てめえ、なめやがって。おれは堅気《ネス》じゃねえんだぞ」

船橋の声は、くぐもっていた。口の中に血が溜《た》まっているにちがいない。

郷力は嘲笑《ちょうしょう》し、白い麻の上着から携帯用のレインコートを取り出した。

半透明のビニール製だ。ポケッタブルのレインコートを手早く羽織《はお》る。

「なんでレインコートなんか着たんだよ？」

船橋が訝《いぶか》しげに訊《き》いた。

「返り血を浴《あ》びたくないからさ」

「おれは、関東義誠《ぎせい》会土門《どもん》組にいたんだぞ。なめんじゃねえ」

「みかじめ料を二重取りして破門されたケチな野郎が粋《いき》がるなって」

郷力は薄く笑った。

船橋が怒声を放ち、勢いよく起き上がった。そのまま頭から突っ込んでくる。まるで傷ついた闘牛だ。

郷力は躱《かわ》さなかった。

全身で船橋を受け止め、膝頭《ひざがしら》で顔面を蹴る。加減はしなかった。蹴り上げるたびに、船橋は短く唸《うな》った。

郷力は半歩退《さ》がった。

元やくざが頽《くずお》れた。水を吸った泥人形のような崩れ方だった。

郷力は、船橋の後ろ襟《えり》を摑《つか》んだ。奥に引きずり込む。

間取りは1DKだった。居室《きょしつ》のテレビの電源は入っていた。バラエティー番組が放映されている。

「おれにどんな恨《うら》みがあんだよっ」

船橋は虚勢を崩さなかった。しかし、その目には怯《おび》えの色が宿《やど》っている。

「別に恨みはない」

「なのに、なんでおれを痛めつけるんだよっ。てめえ、頭《ペテン》がおかしいんじゃねえのか！」

「これは仕事さ」

「仕事だって⁉　もしかしたら、土門の組長《オヤジ》に頼まれて、おれに焼きを入れに来たんじゃねえのか？」

「外れだ」

郷力は黒いチノクロスパンツのヒップポケットから、手製のハードグローブを抓《つま》み出した。黒革のグローブは、先端の尖《とが》った金属鋲《セスタス》だらけだった。

破門された船橋は生活費に困って、売り出し中のグラビアアイドルを脅迫した。城《き》戸愛《どあい》という芸名を持つ二十一歳のアイドルは高校一年生のとき、初老の工務店社長と援助交際をしていた。

船橋はアイドルの醜聞《スキャンダル》を恐喝材料にして、所属事務所から一千万円の口止め料を脅《おど》し取った。二週間前のことだ。芸能事務所の社長は今後も船橋にたかられることを懸《け》念《ねん》し、手を打つ気になったわけだ。

三十七歳の郷力は元刑事だが、二年前からネットを使って裏便利屋をやっている。さまざまな理由で窮地《きゅうち》に追い込まれた男女の助っ人として活躍していた。年に数千万円は稼いでいる。

依頼人たちを悩ませている連中の大半は理屈が通じない。示談が成立するケースは稀《まれ》だ。やむなく郷力は、非合法な手段で犯罪者たちを懲《こ》らしめてきた。

相手が救いようのない極悪人の場合は闇《やみ》に葬《ほうむ》ってしまう。これまでに三人の男を始末した。いずれも事件は発覚していない。

郷力は、三年前まで新宿署生活安全課の刑事だった。それなりの働きをしていた。職階は警部補だった。

郷力は偶然、信頼していた上司が広域暴力団に手入れの情報を流している事実を知った。悩んだ末、内部告発する気になった。その矢先、郷力は上司に雇われた殺し屋に撃たれそうになった。刺客と揉《も》み合っている最中に官給拳銃のシグ・ザウエルP230が暴発し、相手は死んでしまった。

上司は女絡《がら》みの罠《わな》に嵌《は》められ、広域暴力団の言いなりになっていた。昔から似たような話はあった。

しかし、上司は人一倍、正義感が強かった。それだけに、郷力の失望は大きかった。

裏切られたという思いがどうしても消えない。

問題の上司は事件が表沙汰《おもてざた》になった日、署内の手洗いで拳銃自殺を遂《と》げた。遺書はなかった。上司が自死したことはマスコミには伏せられた。警察官僚たちが不祥事を公《おおやけ》にすることに強く反対したからだ。

保身のためだったとはいえ、上司の背徳行為はショックだった。

郷力は人間不信に陥《おちい》った。虚無感も募《つの》り、結局、依願退職してしまった。

郷力はアルバイトのつもりで、一年ほどＩＴ起業家、相場師、芸能人、プロスポーツ選手、社長令嬢などのボディーガードを務《つと》めた。報酬は悪くなかった。

だが、番犬稼業はなんとも退屈だった。おまけに拘束時間が長く、ストレスも溜《た》まりやすかった。

そういう経緯《いきさつ》があって、郷力は裏便利屋になったのだ。きっかけはあった。何気なくネットの掲示板を眺《なが》めているうちに、トラブルを背負っている人々が思いのほか多いことに気づいた。人間には他人には言えない秘密が一つや二つはあるものだ。

郷力は裏便利屋でもなんとか糊口《ここう》を凌《しの》げると判断し、匿名《とくめい》でホームページを開設した。

読みは正しかった。開設したと同時に、依頼が相次《あいつ》いだ。

最初の依頼人は商社マンの若い妻だった。彼女は高校時代の同窓会で好意を寄せていた先輩と再会し、酒の勢いで甘やかな秘密を共有してしまった。よくある話だろう。相手の男は失業中だった。依頼人はたびたび金をせびられ、レディースローンの世話にならなければならなくなった。女は破滅の予感を覚え、郷力に救いを求めてきたのである。

郷力はアウトローになりすまし、相手の男をぶちのめした。男は翌日、無心《むしん》した金を全額返し、依頼人の前で土下座して詫《わ》びた。

裏稼業から人生の縮図が透《す》けてくる。

母親の内縁の夫に一年以上もレイプされつづけていた女子中学生は自殺し切れなかったとかで、郷力に救《たす》けを求めてきた。郷力は獣のような男のペニスを切断し、山林に置き去りにした。相手の生死は未《いま》だ不明だ。

これまでに悪質な金貸しと美容整形外科医を義憤《ぎふん》から殺しているが、罪の意識はひと欠片《かけら》もない。それどころか、社会の害虫を駆除《くじょ》したという思いのほうが強かった。

非合法ビジネスに携《たずさ》わっていると、常に危険を伴《ともな》う。そんなことで、郷力はマンスリーマンションを塒《ねぐら》にしている。しかも大事をとって、数カ月ごとに住まいを替えていた。

自分の車は所有していない。必要に応じて、各種のレンタカーを使っている。冬物の衣類はボックス型のレンタルルームに預けてあった。

「わかったぜ。てめえは、城戸愛が所属してる『レインボー企画』の社長に雇われたんだな」

船橋がそう言い、鼻血を手の甲で拭《ぬぐ》った。

「脅し取った一千万円はどうした？」

「もう少ししか残ってねえよ。あちこちに借金があったんでな」

「そうかい」

「おれを殺《や》れって言われてるのか？」

「大物ぶるな」

「え？」

「そっちには、それだけの価値はない。薄汚い小悪党だからな」

郷力は鋭い目に凄《すご》みを溜《た》めた。

船橋が何か言いかけ、視線を逸《そ》らした。気圧《けお》されたのだろう。

郷力は身長百八十一センチで、体重七十四キロだった。筋肉質の体軀《たいく》である。贅肉《ぜいにく》は数ミリも付いていない。

大学時代はボクシングに励《はげ》んでいた。在学中に二度、ミドル級のチャンピオンになった。警察官になってからは最短期間で柔道と剣道の有段者になり、現在はどちらも三段だ。

浅黒い精悍《せいかん》な顔は男臭《くさ》い。彫《ほ》りが深く、額はぐっと迫《せ》り出している。太い眉《まゆ》は濃かった。

奥二重の両眼は狼のように鋭い。高い鼻柱と削《そ》げた頰《ほお》も他人を寄せつけない雰囲気を漂《ただよ》わせている。唇は真一文字《まいちもんじ》で、めったに笑わない。黙っていても、ある種の威圧《いあつ》感《かん》を与える面立《おもだ》ちだ。

「さっき言ったことは嘘《うそ》だよ」

船橋が言った。語調は和《やわ》らいでいた。

「なんの話だ？」

「『レインボー企画』から貰《もら》った一千万のうち、まだ八百万残ってる」

「だから？」

「あんたに半分やるよ」

「それで、目をつぶってくれってわけか」

「ああ、そうだよ。札束は、ベッドマットの下に隠してあるんだ。見せようか？」

「その必要はない」

「四百万じゃ不満か。わかったよ、あんたに五百万渡す。その代わり、おれと組んでほしいんだ。ちょいと脅せばさ、『レインボー企画』から後《あと》二、三千万は毟《むし》れると思うよ。なにせ城戸愛はドル箱だからさ。悪い話じゃねえだろ？」

「腐《くさ》った野郎だ」

郷力はハードグローブを両手に嵌《は》め、口の端《はし》をたわめた。

「おれとは組めねえってことかい？」

「そうだ」

「もう頼まねえ！」

船橋がフローリングの上を転がって、ベッドの下に片腕を突っ込んだ。

摑み出したのは、段平《だんびら》だった。鍔《つば》のない日本刀だ。白鞘《しらさや》はだいぶ黒ずんでいる。

「みかじめ料を二重取りするような奴は、中国製トカレフのノーリンコ54も持たせてもらえなかったらしいな」

「うるせえ！　てめえを叩《たた》っ斬《き》ってやる」

「好きにしろ」

郷力は少しも怯《ひる》まなかった。刑事のころから、数え切れないほど修羅場《しゅらば》を潜《くぐ》ってきた。めったなことでは戦《おのの》かない。
船橋が身を起こし、白鞘を払った。
鞘はベッドの上に投げ落とされた。六十センチほどの刀身は、よく磨《みが》き込まれてい
る。反《そ》りは小さい。やや蒼《あお》みを帯び、波の形をした刃文《はもん》は鮮やかだ。
郷力は目で間合いを測《はか》った。
近い。さりげなく二歩後退する。船橋が段平を斜め上段に構えた。手がかすかに震
えている。隙《すき》だらけだ。
「無理するなって。人を斬るには、それなりの度胸がいるもんだ」
「胆《きも》は据《す》わってらあ」
「そんなふうには見えないぜ」
郷力は相手の神経を逆撫《さかな》でした。場数《ばかず》を踏んだ筋者《すじもの》は、やすやすとは挑発には乗ら
ない。
だが、船橋は反射的に気色《けしき》ばんだ。手強《てごわ》い相手ではない。郷力はそう感じ、相手を
嘲《あざけ》った。
船橋がいきり立ち、斜め上段から刀身を振り下ろした。
刃風《はかぜ》は重かった。しかし、郷力から数十センチも離れていた。明らかに威嚇《いかく》の一閃《いっせん》

である。

郷力は前に出た。

すぐさまバックステップを踏む。誘《フェイント》いだった。

船橋が釣られて、段平を水平に薙《な》いだ。空気が揺れる。刀身は流れた。反撃のチャンスだ。

郷力は床板《ゆかいた》を蹴った。

ショートフックを見舞う。ピラミッドの形をした金属鋲《きんぞくびょう》が船橋の頬の肉を抉《えぐ》った。

血の粒《つぶ》が盛り上がって、次々に弾《はじ》ける。

赤い糸が頬を伝いはじめた。シュールな眺めだった。

船橋が呻いて、反《そ》り身になった。

郷力はボディーブロウを放った。空気が縺《もつ》れた。パンチは肝臓《レバー》のあたりにめり込んだ。船橋が唸《うな》り、前屈《まえかが》みになった。

郷力は左のショートアッパーを繰り出した。

パンチは正確に相手の顎《あご》に当たった。骨が鈍く鳴った。肉もひしゃげた。船橋がいったんベッドの上に倒れ、反動で床に転げ落ちた。

郷力は足で段平を蹴飛ばし、フローリングに片膝をついた。船橋の顔面に左右のフックをぶち込む。

金属鋲《セスタス》は深く肉を噛《か》んだ。返り血がビニールのレインコートを点々と汚した。

「もう勘弁してくれーっ」

船橋が悲鳴混《ま》じりに訴えた。顔面は、ほぼ血糊《ちのり》で覆《おお》われていた。

郷力は段平を拾い上げた。

「八百万は持って帰ってくれ。遣《つか》っちまった二百万は、今月中に『レインボー企画』に返すよ」

「工面《くめん》できるのか？」

「つき合ってる風俗嬢、覚醒剤喰《シャブく》ってるんだ。警察に密告《チク》るとでも言えば、貯めた銭《ぜに》を吐き出すと思うよ」

船橋が言った。

「そっちがその娘《こ》を覚醒剤漬《づ》けにしたんだな？」

「うん、まあ」

「屑《くず》だな、おまえは」

郷力は刀身を垂直にすると、そのまま切っ先を船橋の右の太腿《ふともも》に突き刺した。少しもためらわなかった。

船橋が動物じみた唸り声を発し、体を左右に振った。剝《む》いた歯は血みどろだった。

「風俗嬢とは別れてやれ」

「それはできねえよ。おれの金蔓《かねづる》だからな」

「救いがたい奴だ」

郷力は両手を柄《つか》に掛け、大きく抉《こじ》った。船橋の絶叫にテレビの音声が被《かぶ》さった。

少し経《た》ってから、郷力は段平を引き抜いた。

刃先から血の雫《しずく》が雨垂《あまだ》れのように滴《したた》った。血糊はポスターカラーを連想させた。郷力は、刀身を船橋の左の腿《もも》にも深々と埋めた。

切っ先は床板まで達していた。

船橋が唸って、目を白黒させはじめた。唸り声はなかなか熄《や》まなかった。

郷力は、返り血の付着したポケッタブル・レインコートを脱ぎ捨てた。ベッドカバーで、ハードグローブの鮮血を神経質に拭《ふ》く。

ハードグローブをチノクロスパンツのヒップポケットに突っ込み、ベッドマットの下から薄茶の蛇腹《じゃばら》封筒を取り出した。ずしりと重い。

封筒の口を開け、中身を検《あらた》める。帯封の掛かった札束が八つ収まっていた。

「こいつは回収する」

「あんた、何者なんだ?」

船橋が喘《あえ》ぎ喘ぎ問いかけてきた。

郷力は黙殺して、船橋の部屋を出た。蛇腹封筒は胸に抱えていた。郷力は何事もなかったような顔で、エレベーターで一階に下《くだ》った。

マンションを出ると、右手から銀灰色のレクサスが低速で近づいてきた。

ステアリングを握っているのは、『レインボー企画』の社長だった。

片桐洋平《かたぎりようへい》という名で、五十年配だ。赤ら顔で、どことなく脂《あぶら》ぎっている。

レクサスが停止した。郷力は後部座席に乗り込んだ。片桐が上体を捻《ひね》る。

「いかがでした?」

「船橋は、もう妙な気は起こさないでしょう」

郷力は経過を手短に話した。

「ありがとうございました。成功報酬は五百万のお約束でしたが、回収していただいた八百万円をそっくり差し上げましょう」

「五百万だけで結構です」

「欲のない方だ」

片桐が呆《あき》れ顔になった。郷力は蛇腹封筒から五つの札束を取り出し、上着の内ポケットと両側のポケットに無造作に捩《ねじ》込んだ。

片桐が三百万円の入った蛇腹封筒を受け取り、助手席に置いた。

「それでは、これで失礼します」

郷力はレクサスを降り、表通りに向かった。

背後で、片桐の車が発進する音がした。まだ十一時前だ。先々月から借りている代官山のマンスリーマンションにまっすぐ帰る気にはなれなかった。

郷力は表通りでタクシーを拾って、六本木の行きつけのショットバーに顔を出した。キープしてあるバーボン・ウイスキーは、ブッカーズだった。バーボン・ロックを呷《あお》っていると、無性《むしょう》に白い柔肌を貪《むさぼ》りたくなった。

荒っぽいことをした後《あと》は、きまって女を抱きたくなる。暴力衝動と男の性欲は、どこかで繋《つな》がっているのだろうか。

いま現在は、特定の恋人はいない。郷力は烈《はげ》しい性衝動《リビドー》に駆られると、ホテルの一室で娼婦《しょうふ》と後腐《あとくさ》れのない情事を娯《たの》しむ。エスコートクラブから派遣《はけん》される女たちは一《いち》様《よう》にさばさばとしていた。

郷力は八年前に惚《ほ》れた女と別れて以来、まともに恋愛する気は失《う》せていた。恋のときめきは持続しない。感情の綾取《あやと》りは煩《わずら》わしいだけだ。

人間不信の念がいまも尾を曳《ひ》いているのかもしれない。人は所詮《しょせん》、孤独な存在だ。他者に何かを期待すること自体が甘えなのではないか。

人恋しくなったら、束《つか》の間、誰かと触《ふ》れ合う。そうすれば、それなりに安らぎは得られるものだ。

酒場でたまたま隣り合った客と取り留《と》めのない雑談を交わし、春をひさぐ女たちと肌を重ねる。多くのものを求めなければ、気楽に生きていける。それで充分ではないか。

郷力はバーボン・ロックを五杯空《あ》けると、赤坂のシティホテルにチェックインした。シャワーを浴びてから、ちょくちょく利用しているエスコートクラブに電話をかけた。

「沙也加《さやか》ちゃんは出ちゃってるかな」

「いいえ、待機中です。お部屋に向かわせましょうか？」

マネージャーが愛想よく言った。郷力はホテル名と部屋番号を告げ、通話を切り上げた。

沙也加は元ＯＬで、エスコートクラブの中では最年長者だ。二十八歳と称しているが、実年齢は三十一、二歳だろう。

色白で、肌はまだ瑞々《みずみず》しい。ベッドテクニックもある。客あしらいは決して下手ではなかった。

それでいて、どこか醒《さ》めていた。すでに人生を棄《す》ててしまったような印象を与える。

そのくせ、沙也加は寂しげな表情を見せたりする。

そんなときは、男の保護本能を掻《か》き立てられる。異色の高級コールガールだ。

沙也加が部屋にやってきたのは、およそ十五分後だった。

「また呼んでくれて、ありがとう。マネージャーは泊まりだって言ってたけど、なんだか悪いな。十万円も遣《つか》うんだから、もっと若い娘《こ》を呼べばよかったのに」

「半月ぶりに、そっちの顔を見たくなったんだ」

「嬉《うれ》しいことを言ってくれるのね。わたし、本気でサービスしちゃう」

「そいつは楽しみだ」

郷力はソファに腰かけ、ピースに火を点けた。ヘビースモーカーだった。一日に六十本前後は喫《す》っている。

沙也加がクローゼットの前でランジェリー姿になり、ほどなく浴室の中に消えた。

郷力はゆったりと紫煙《しえん》をくゆらせ、窓側のベッドに仰向《あおむ》けになった。沙也加は十分そこそこでバスルームから出てきた。純白のバスローブを素肌にまとっている。

郷力はローブのベルトをほどいた。

沙也加がバスローブを脱ぎ、郷力の股《また》の間に身を入れた。ひざまずくような恰好《かっこう》だった。

豊かな乳房が重たげだ。ウエストは深くくびれ、腰の曲線は美しい。むっちりとした腿《もも》は肉感的だった。

郷力は呑《の》まれた。

生温かい舌が心地よい。沙也加が情熱的に舌を乱舞させはじめた。郷力は欲情をそそられ、雄々《おお》しく猛《たけ》った。舌技には少しも無駄《ロス》がなかった。

沙也加が半身を起こし、郷力のバスローブを優しく脱がせた。それから彼女は体を重ね、唇をついばみはじめた。

ほとんどの娼婦は、原則として客に唇は許さない。しかし、沙也加は初回から郷力とくちづけを交わしている。

郷力は沙也加の唇を軽く吸い返し、舌を絡《から》めた。舌を吸いつけ、歯茎《はぐき》もソフトに舐《な》める。舌の裏もくすぐった。意外に知られていないことだが、どちらもれっきとした性感帯だ。

二人は恋人同士のようにお互いの裸身を慈《いつく》しみ、口唇愛撫を施《ほどこ》し合った。いつしか沙也加の芯《しん》は熱く潤《うる》んでいた。

郷力はスキンを装着してもらうと、沙也加を穏《おだ》やかに組み敷いた。乳首を交互に口に含《ふく》みながら、和毛《にこげ》を梳《す》く。

硬く痼《しこ》った突起を圧《お》し転がすと、沙也加は切なげに腰をくねらせた。喘《あえ》ぎは淫蕩《いんとう》な呻きに変わった。

郷力は敏感な部分を刺激しつづけた。

数分で、沙也加は極《きわ》みに達した。客を歓《よろこ》ばせるための演技ではなかった。

その証拠に沙也加はジャズのスキャットのような抑揚《よくよう》のある声を零《こぼ》しながら、幾度《いくど》も体を硬直させた。ほどよく肉の付いた内腿は小さく震えている。

郷力は体を繋《つな》いだ。

思わず頬が緩《ゆる》んだ。分身にリズミカルな緊張感が伝わってくる。快感のビートも感じられた。女体に接するのは半月ぶりだった。

「たまらないわ。お金なんか貰ったら、罰《ばち》が当たっちゃう」

沙也加が上擦《うわず》った声で言い、火照《ほて》った太腿を巻きつけてきた。

郷力は強弱をつけながら、腰を躍《おど》らせはじめた。

2

枕許《まくらもと》で何かが鳴っている。

携帯電話の着信音だった。

郷力は完全に眠りを破られた。舌打ちしたいような気分だった。

赤坂のシティホテルから代官山のマンスリーマンションに戻ったのは、明け方である。コールガールの沙也加とは三度も睦《むつ》み合った。そのせいで、まだ眠かった。

郷力は片目だけを開け、ナイトテーブルの上から携帯電話を摑み上げた。発信者は横浜の実家に住む兄の聡一郎《そういちろう》だった。

五つ違いの兄は七年前に大手証券会社を退職し、家業の呉服店を継《つ》いでいる。妻子ともども店舗ビルの三階で暮らしていた。

二人きりの兄弟だ。父は五年前に病死していた。母は逗子《ずし》のケア付き有料老人ホームで生活している。兄嫁と折り合いが悪く、二年前に老人ホームに入居してしまったのだ。

郷力は通話キーを押し、携帯電話を耳に当てた。午後二時過ぎだった。

「寝ぼけ声だな。いい身分だな、昼過ぎまで寝てられるんだからさ」

兄が厭味《いやみ》を言った。

「おれは独身だからね。しゃかりきになって働く必要もないわけだから、のんびりとやってるんだ」

「次男坊は気楽でいいよな。長男のおれは死んだ親父《おやじ》が苦労して開いた店を潰《つぶ》さないようにって、毎日、必死なんだ。個人商店はお先真っ暗だよ。呉服屋なんか畳んで商売替えしたいんだが、おふくろが猛反対してる。わたしが生きてるうちは絶対に転業なんかさせないってな」

「親父とおふくろが力を合わせて店を切り盛りしてきたんだから、思い入れがあるんだろう」

「それはわかるが、もう呉服屋なんて商売にならないよ。自分とこの店舗ビルで営業してるから保《も》ってるが、年間の純利益は一千万を切ってるんだ。ペットショップに商売替えすりゃ、年商は確実に七、八倍になるのに」

「おふくろが亡《な》くなるまでは、兄貴の思い通りにはいかないだろうな」

「恭輔、おまえからも呉服屋に将来性はないってことをおふくろに言ってくれよ。おふくろは、おまえには甘いとこがあるからさ」

「悪いが、おふくろを説得する自信はないね」

郷力はきっぱりと言った。子供のころから、あまり兄弟の仲はよくない。

兄は長男意識が強く、弟の意見にまともには耳を傾けない。何事にも独善的《どくぜんてき》で、自分の考えを押し通そうとする。わがままで、利己的な性格だった。

「頼りにならない奴だ。ま、いいさ。相変わらず、おまえはフリーの調査員をやってるのか?」

「ああ。複数の法律事務所や保険会社から調査の仕事を回してもらってるから、生活に困るようなことはないんだ」

「おまえ、少しは先のことを考えろよ。まだ独身だから、不安定な暮らしでもなんとかなるだろうが、そのままじゃ所帯は持てないぞ」

「結婚する気はないんだ」

「男は所帯を持って、初めて一人前だよ。一緒におふくろを説得して、兄弟でペットショップをやろうや。人気のフレンチブルドッグの仔犬《こいぬ》をブリーダーから一頭七、八万円で仕入れて三十五、六万で売るわけだから、儲《もう》かるぜ」

「おれは商売向きじゃないよ。ちまちましたことは性《しょう》に合わないんだ」

「商人《あきんど》をばかにしたようなことを言うなっ。おまえだって、呉服商の倅《せがれ》だったんだ。

大学教授や文化人の子供だったわけじゃないだろうが！」

兄が息巻《いきま》いた。

「僻《ひが》まないでほしいな。別段、商人を蔑《さげす》んでるんじゃない。金勘定が苦手なだけさ」

「おまえにはわからんだろうが、家族を養っていくことは大変なんだ。理不尽なことに耐えながら、懸命に家計を支《ささ》えてるんだぞ。生意気なことを言うなっ」

「用件を言ってくれないか」

郷力は話の腰を折った。

「昨夜《ゆうべ》、瀬戸友季《せとゆき》さんから電話があったんだ。彼女におまえの連絡先を教えてほしいって頼まれたんだが、八年も前に別れた相手だから、即答することは避けたんだよ」

「そう」

「彼女、何か悩み事を抱えてるような感じだったな。金に困って、昔の男に泣きつく気になったんじゃないのかね」

「友季は、そんな女じゃない。もっと凛《りん》としてるよ」

「別れた女なんだから、そこまで庇《かば》うこともないだろうが」

兄が皮肉っぽく言った。

郷力は、かつて友季と恋仲だった。ちょっとした感情の行き違いが因《もと》で、二人は別れてしまった。友季が二十四歳のときだった。交際期間は二年そこそこだったが、彼女の残像はいまも脳裏にこびりついている。未練がまったくないわけではなかった。しかし、先に言葉を荒らげたのは自分のほうだった。郷力は幼いころから激昂《げっこう》すると、容易には冷静さを取り戻すことができない。

温厚な友季も罵《ののし》られ、つい感情的になってしまったようだ。二人はひとしきり喚《わめ》き合い、背を向け合うことになった。

思い起こしてみると、一種の八つ当たりで友季に突っかかってしまったような気がする。その当時、郷力は渋谷署の刑事課に勤務していた。

ある殺人事件の捜査中だった。被害者は二十六歳の女性宝石デザイナーで、自宅マンションの寝室で絞殺されていた。全裸死体には情交の痕跡《こんせき》があった。

郷力は先輩刑事と地取りと鑑取り捜査に力を注《そそ》ぎ、被疑者を割り出した。その男は巨大商社のエリート社員で、殺された女性とは一年数カ月前から親しい間柄だった。

事件前から結婚話を巡《めぐ》って、二人はしばしば口論をしていた。郷力は先輩と物証を集めた。立件《りっけん》直前に署長から捜査の打ち切り命令が下《くだ》された。

被疑者の母方の祖父は、法務大臣まで務《つと》めた保守政党の大物国会議員だった。警察や検察は法の番人であるべきだが、権力者の圧力に屈《くっ》してしまうことは皆無ではない。

ペアを組んでいた先輩刑事は大きな溜息をついただけで、署長命令に従った。

だが、二十九歳だった郷力は納得できなかった。署長に直談判《じかだんぱん》したが、結果は虚《むな》しかった。郷力は自分の力のなさに打ちのめされた。負け犬に甘んじなければならないことが腹立たしかった。惨《みじ》めでもあった。

郷力はすぐに辞表を書いた。しかし、先輩たちに強く慰留《いりゅう》されると、たちまち決意はぐらついた。

自分の狡《ずる》さを嫌悪しながらも、とうとう長いものに巻かれてしまった。諦《あきら》めと苛立《いらだ》ちが交錯《こうさく》し、心がささくれだった。

そんなとき、友季が発した何気ない言葉が妙に癇《かん》に触《さわ》った。郷力は、つい逆上してしまった。売り言葉に、買い言葉だった。二人は際限《さいげん》なく諍《いさか》い、一つの区切りをつけることにしたのである。

「彼女のスマホのナンバー、メモしといたよ」

兄が言った。

「そう」

「どうする？」

「ナンバーを一応、教えてもらおうか」

郷力はヘッドボードに凭《もた》れ、メモパッドを引き寄せた。

兄がゆっくりとナンバーを告げる。郷力は、教えられた数字を書き留《と》めた。

「おまえ、昔の女に電話する気になったようだな」

「電話するかどうかはわからない」

「迷ってるのか？」

「うん、まあ」

「だったら、メモを破り捨てろ。八年間もブランクのある女と関わっても、何もいいことなんかあるわけないよ。金に困ってるんで、なんとか力になってほしい。あるいは、つき合ってる男と別れたんで、よりを戻したいなんてことなんじゃないのか？」

「友季はプライドを大事にする女だった……」

「そのへんの安っぽい女と一緒にするなってか？　遠ざかった女は輝いて見えるもんだ。けどな、それは子供っぽいセンチメンタリズムだよ」

「そうとは限らないさ」

「恭輔、しっかりしろ。後《あと》二年半で、おまえも四十《しじゅう》だぜ。もっと大人にならないと、くだらない苦労ばかりするぞ」

「おれの人生は誰のものでもない。このおれのものだよ」

「高校生みたいなことを言いやがって。次男坊はなかなか大人になり切れないと誰かが言ってたが、実際、その通りだな」

「まっすぐに生きようとしたら、男は死ぬまで悪い意味での大人にはなれないさ。妙な分別臭《ふんべつくさ》さが身についたら、もう終わりだからな」

「呆《あき》れて二の句がつげないよ。おまえ、ちっとも成長してないじゃないか」

「余計なお世話だ」

「跡継《あとつ》ぎのおれにそこまで言うのか⁉　恭輔も偉くなったもんだね。一丁前のことを言う前に、たまにはおふくろに顔を見せてやれ」

「そのうち、ホームに行くよ」

「おまえが顔を見せたら、おふくろ、泣いて喜ぶだろう。おれの女房と気まずくなってから、こっちにも冷たくなったんだ。商売替えの話だって、おふくろを安心させたくて提案したんだが、それを女房の入れ知恵と悪いほうに解釈してるんだぜ。嫁と姑《しゅうとめ》のぶつかり合いは避《さ》けようがないんだろうが、長男は辛いよ。自由に生きてる恭輔が羨《うらや》ましくなる」

兄がぼやいて、先に電話を切った。

郷力は携帯電話を折り畳み、煙草をくわえた。兄から聞いた話から推測すると、友季は何かトラブルで頭を抱えているようだ。

元刑事の自分を頼ったのは、何か事件性のある揉《も》め事に巻き込まれたにちがいない。それは何なのか。

できることなら、友季の不安をすぐにも取り除いてあげたい。そう思う一方で、ためらいもあった。別れて一年や二年ではない。八年の空白は短くなかった。お互いの近況さえわからなくなってしまった。

別れたとき、友季は大手の化粧品メーカーに勤務していた。まだ同じ職場にいるのか。とうの昔に転職し、誰かの妻になっているのだろうか。

友季は満三十二歳だから、もう子持ちになっているとも考えられる。人妻になっているとしたら、彼女の夫が何か事件に巻き込まれたのか。会ったこともない男に力を貸すほどお人好しではない。

しかし、友季が夫のことで苦境に立たされているならば、ほうってはおけない気持ちだ。八年前に八つ当たりをしてしまった後ろめたさもある。何らかの形で償《つぐな》いたい。

郷力は一服し終えると、携帯電話を手に取った。

メモを見ながら、ゆっくりと数字キーを押す。緊張で、指先が震えそうだった。およそ十年前に電話で友季にファーストデートを申し込んだときのことを思い出した。

あのときは声も上擦《うわず》っていた。

郷力は、その半月前に初めて友季を見かけた。非番の日だった。

友季は腕時計に目をやりながら、バス停に向かって駆けていた。バス停には、すでにバスが停車中だった。乗降者は少なかった。

バス運転手は友季の姿に気づかなかったらしく、車を発進させた。郷力は自分の車を運転しているとき、その情景を見た。

八王子市の外れだった。バスの本数は多くない。郷力は友季を気の毒に思い、車をバス停に寄せた。自分の身分を明かすと、友季は警戒心を緩《ゆる》めた。

郷力は彼女を助手席に坐らせ、JR八王子駅まで送り届けた。友季にひと目惚《ぼ》れした彼は、名刺を手渡した。

数日後、友季から礼状が届いた。住所だけで、電話番号は記《しる》されていなかった。

郷力は、どうしても友季に会いたくなった。電話局の番号案内係でナンバーを教えてもらい、すぐにコールした。友季は迷惑そうではなかった。

そのことに勇気づけられ、翌日、改めてデートに誘ってみた。友季は少し迷ってから、誘いに応じた。

郷力は会うたびに友季に魅《み》せられた。友季は知性豊かで、その美しさは人目を惹《ひ》く。

それでいながら、少しも高慢なところはなかった。思い遣《や》りがあり、気立ても申し分ない。

二人が親密な仲になったのは、知り合って五カ月後だった。戯《たわむ》れの相手なら、もっと早い時期に口説《くど》いていただろう。

しかし、友季とは慎重に接してきた。かけがえのない女性と感じていたからだ。

そんな恋人を失ってしまった。男と女の関係は、どうして儚《はかな》く脆《もろ》いものなのか。どんなに惹《ひ》かれ合った二人でも、すべての価値観がまったく同じわけではない。当然、意見の喰《く》い違いは生《しょう》じる。

どちらも我《が》を通そうとすれば、深い溝《みぞ》ができてしまう。お互いに譲り合いの精神が足りなかったのだろうか。

そうではなく、非は自分にあったにちがいない。もっと理性を働かせていれば、友季を失うことにはならなかったのではないか。だが、もはや後《あと》の祭りだ。

コールサインが十回ほど響き、電話は繋《つな》がった。応答したのは、紛《まぎ》れもなく昔の恋人だった。

「しばらく……」

郷力は言ってから、自分を呪《のろ》った。なぜ、もっと気の利いたことを言えなかったのか。

「お元気のようですね。横浜の実家に電話をして、ごめんなさい」

「いや、いいんだ。声は八年前とちっとも変わってないな」

「外見は、だいぶ老けたと思います」

友季が口調を改めた。長い空白が二人をぎこちなくさせたのだろう。

「もう結婚したんだろうな？」

「いいえ、まだウェディングドレスは一度も着てません」

「もったいない話だ。いまも同じ会社に勤めてるのかい？」

「以前の会社は郷力さんと別れて間もなく、わたし、辞めてしまったんです。その後、すぐに『東都《とうと》アグリ』という食品会社に入って、ずっとバイオ開発室の研究員をやってるの」

「そうか。おれも三年前に刑事を辞めて、いまはフリーの調査員みたいなことをしてるんだ。相変わらず単身《シングル》だよ」

「てっきり結婚してると思っていました」

「おれはわがままな男だから、結婚運がないんだろうな」

「そんなことはないわ。恭輔さん、ううん、郷力さんにはそのうちに素敵な伴侶《はんりょ》が見つかるはずです」

「そっちが未婚だと聞いて、なんか複雑な気分だよ。過ぎた歳月を縮める魔法があるといいんだが……」

「うふふ」

「おれたち、やり直せないかい？」

郷力は、わざと軽い口調で言った。

「もう無理よ。わたし、結婚はしてないんだけど、シングルマザーなの」

「冗談だろ⁉」

「ううん、真面目な話よ。四年前に奥さんのいる男性の子を産《う》んで、ひとりで育ててるの」

友季が言った。

郷力は一瞬、めまいを覚えた。視界から色彩が消え、モノクロ写真を眺めているような錯覚に陥《おちい》った。

「息子は翔太《しょうた》という名で、四歳になったの。生意気盛りなんだけど、わたしの宝物ね」

「坊やを保育所に預けて働いてるのかな？」

「ええ。午後七時まで預かってくれる保育所に通わせて、わたしは通勤してるの」

「それは大変だな」

「毎日、時間に追われてるわ。お化粧を半分だけして、急いで会社に向かうことはしょっちゅうよ」

「そう」

「女手ひとつで子供を育てるのは大変だけど、苦労だとは思わないわ。わたしが望んだ選択だったの」

「翔太君の父親のことを訊《き》いてもいいかな。氏名までは喋《しゃべ》る必要はないんだが……」

「彼は四十二歳で、空調関係の会社を経営してるの。翔太は知らないことなんだけど、息子の父親は末期の肝臓癌《がん》で余命いくばくもないんです」

「まだ若いのに、なんてことなんだ」

「日野市内にあるホスピス専門の病院に二カ月前から入院してるの。ドクターの診断では、秋までは保《も》たないだろうって話だったわ」

友季は驚くほど冷静な声だった。すでに不倫相手の死を覚悟しているのだろう。

「突っ込んだ質問だが、翔太君の父親から養育費は貰ってるのかな？」

「彼はそうしてくれると何度も言ったんだけど、わたしが断ったの」

「なぜなんだい？」

「わたしのエゴイズムで既婚者の子供を産んだわけだから、それなりの筋《すじ》を通したかったのよ」

「友季、いや、きみらしいな」

「彼は翔太の養育費を受け取ってもらえないならと、息子をきちんと認知してくれたの」

「そうか。いい加減な浮気男じゃなさそうなんで、なんとなくほっとしたよ。ところで、何かトラブルを抱え込んでるようだね？」

「もう警察を辞めたという話だから、地元の所轄署に相談に行くわ」

「話してみてくれよ。もう刑事じゃないが、捜査関係者に知り合いは多いんだ」

郷力は言った。友季が沈黙した。迷っているにちがいない。

「きみの力になりたいんだ」

「一昨日《おととい》の夕方、翔太に自宅近くのスーパーにソースを買いに行ってもらったんだけど、その帰りに若い男に引っさらわれそうになったらしいの。車に押し込まれる前にうまく逃げたんで、危うく難を逃れることはできたんだけど」

「それは心配だな」

「ええ。警察は事件が起きてからでないと捜査に乗り出してくれないって話をよく聞くけど、それは事実なの？」

「ＶＩＰが誘拐されそうになったら、警察は速《すみ》やかに動く。しかし、一般市民が犯罪被害者になりかけたと訴えても、捜査に乗り出してくれるかどうか」

「そうでしょうね」

「警察官の数が足りないんだよ。おれがちょっと調べてやろう」

「でも、忙しいんでしょ？」

「時間の都合はつくんだ。きみの自宅にお邪魔して、詳しい話を聞かせてもらおう」

「いいのかしら？」

「どうしても力になりたいんだよ」

「それなら、午後七時にわたしの自宅に来てもらえる？」

「わかった。所番地を教えてくれないか」

郷力は携帯電話を左手に持ち替え、ボールペンを握った。

3

商店街が途切《とぎ》れた。

その先は閑静な住宅街だ。目黒区八雲《やくも》である。東急東横線の都立大学駅から七、八百メートル離れた場所だ。

郷力は手土産《てみやげ》のバタークッキーを提《さ》げながら、友季の自宅に向かっていた。

約束の時刻の十分前だった。

郷力は歩《ほ》を進めながら、昔の恋人が同じ私鉄沿線に住んでいたことに何か運命的なものを感じていた。代官山のマンスリーマンションを借りたのは、単なる気まぐれだった。

もちろん、八年前に別れた友季が四駅離れた場所で暮らしていることはまったく知らなかった。友季にしても、郷力の塒《ねぐら》が代官山にあることは知らなかったはずだ。

この偶然には何か意味があるのか。自分と友季は切っても切れない不思議な糸で繋《つな》がっているのだろうか。そんなふうに考えると、何やら心が浮き立ってくる。

ほどなく『八雲パールハイツ』は見つかった。三階建ての賃貸マンションだった。

友季の部屋は一〇五号室と聞いている。

郷力はマンションの敷地に足を踏み入れた。

一〇五号室の前で立ち止まると、柄にもなくどぎまぎした。動悸《どうき》が速《はや》い。

郷力は深呼吸して、インターフォンを鳴らした。待つほどもなくスピーカーから、友季の声が洩《も》れてきた。

「恭輔さん？」

「ああ」

「いま、ドアを開けます」

「わかった」

郷力は少し退《さ》がった。オフホワイトの玄関ドアが押し開けられた。

姿を見せた友季は、八年前とほとんど変わっていなかった。むしろ、美しさに磨きがかかった感じだ。色っぽくもなった。

「よう！」

郷力は片手を挙げた。照れ臭さが先に立って、まともな挨拶《あいさつ》はできなかった。

「昔のままだわ。男の人はいいわね。わたしは変わっちゃったでしょ？」

「いや、以前よりも色気が出てきたよ。まさに大人の女って感じだ」

「誉《ほ》め言葉と受け取っておきます。どうぞお入りになって」

友季が郷力を請《しょう》じ入れた。

間取りは2LDKだった。玄関ホールに接して十二畳ほどのLDKがあり、その右側に二つの洋室が並んでいる。

郷力は手土産を友季に渡し、リビングセット風の造りのダイニングテーブルについた。

「お茶よりもコーヒーのほうがいいでしょ？」

「コーヒーをいただくよ。翔太君は？」

「奥の部屋で不貞腐《ふてくさ》れてるの」

「どうして？」

「きょうの夕飯は海老《えび》ドリアにするって約束してたんだけど、レトルトのビーフカレーに変更したんで……」

「おれが来るんで、手間のかからないカレーにしたわけだ？」

「そうなの。翔太は冷凍物やレトルト食品がつづくと、不機嫌になっちゃうのよ。甘やかしすぎたのかしら？　四歳のグルメなんてね」

「頼もしいじゃないか」

「ただの喰《く》いしん坊だと思うけど」

「おれは探偵社の調査員ってことにしておくか」

「ええ、そうして」

友季が言って、奥の洋室に足を向けた。母親に呼ばれ、翔太が現われた。色白で利発そうな子だった。目のあたりが友季によく似ている。

「お客さんはね、ママの昔からの知り合いで探偵社に勤めてるの。お名前は郷力恭輔さんよ」

「ママ、探偵社って？」

「探偵ってわかるでしょ？」

「わかるよ。あっ、わかったぞ。ぼくが変な奴にさらわれそうになったから、探偵さんに調べてもらうんでしょ？」

「そうよ」

「おじさんは、ぼくの味方なんだね」

翔太が名乗って、郷力の前に坐った。友季はシンクに歩み寄った。

「早速なんだが、連れ去られそうになったときのことを詳しく教えてほしいんだ」

「いいよ。一昨日《おととい》ね、ソースを買ってスーパーを出たらさ、暗がりから変な奴が飛び出してきて、ぼくを抱き上げたんだ。それで、白っぽいエルグランドに押し込もうとしたんだよ」

「車種までよく憶《おぼ》えてたね」

「ぼく、車が大好きなんだ。ミニカー、いっぱい持ってるよ」

「それで、車に精《くわ》しいんだな」

「うん、そう。ぼく、誘拐されたくなかったんで、変な奴の腕に嚙みついてやったんだ。そしたら、そいつは力を緩《ゆる》めたんだよ。その隙《すき》に逃げたの」

「偉かったな。エルグランドの中に誰か乗ってた？」

「運転席に黒いスポーツキャップを被《かぶ》った男がいたよ。そいつは夜なのに、サングラスをかけてた」

「そう。きみを抱きかかえた男は、どんな感じだった？」

「サラリーマンじゃない感じだったね。右手に金色の鎖《くさり》みたいなのを光らせてたから。それから、白いだぶだぶのズボンを穿《は》いてた。靴も白かったよ」

「スニーカーだったのかな？」

「ううん、違うよ。革靴で光ってるやつ」

「エナメルの白い靴を履《は》いてたんなら、チンピラかもしれないな」

郷力は呟《つぶや》いた。

「そんな感じだったよ」

「車のナンバーまで見る余裕はなかったよ」

「うん。ぼく、なんとか逃げないと大変なことになると思ったんで、必死だったんだ」

「そうだろうな。きみを連れ去ろうとした奴は、焦《あせ》って仲間とエルグランドで逃げたんだね？」

「変な奴がエルグランドの後部座席に乗り込んだとこはちゃんと見てるから、おじさんの言った通りなんだと思う」

「そう」

「ぼく、誰に狙《ねら》われたのかな？　保育所のみんなとは仲よくしてるし、先生たちも大好きなのに」

「きみを誘拐しようとした奴は、お金が欲しかったんだと思うよ。翔太君は気品のある顔をしてるから、きっとお金持ちの子供と間違われたんだな」

「そうなのかな。とにかく、おっかなかったよ」

翔太が言った。

そのとき、洋盆《トレイ》を捧《ささ》げ持った友季が近づいてきた。トレイには、二つのマグカップが載《の》っている。コーヒーの香りがあたりに拡《ひろ》がった。

「翔太はお風呂に入りなさい。耳の後ろもちゃんと洗ったら、郷力さんにいただいたバタークッキーをあげるから」

「やったあ。ぼく、バタークッキー大好きなんだ。ママ、三つちょうだいね」

「いいわよ。でも、食べたら、ちゃんと歯を磨くことを忘れないで」

「わかってるって」

翔太が椅子《いす》から立ち上がり、浴室に向かった。友季がマグカップを卓上に置き、向かい合う位置に腰かけた。

「生意気でしょ？」

「いや、素直な坊やじゃないか。目許《めもと》がきみにそっくりだよ」

「よくそう言われるの」

「母親ぶりが板についてる感じだね」

「そうかしら？　母子家庭なんで、父親の役も演じてるから、息子は戸惑《とまど》うこともあるみたいよ」

「翔太君の父親とは、外でちょくちょく会ってたんだろう？」

郷力は気になっていたことを訊《き》いた。

「シングルマザーになる決心をしてからは、一度も翔太の父親には会ってないの。彼のほうはわたしたち母子のことを心配してくれて、時々、電話をしてくれるけどね」

「そう」

「電話では言いにくかったから明かさなかったんだけど、翔太の父親は新津《にいつ》光明《みつあき》というの」

「二枚目風の名前だな」

「ええ、そうね。でも、気さくで優しい男性よ。あっ、ごめんなさい。のろけたわけじゃないのよ」

「いいんだ。仕事面で新津氏と接点はなさそうだが、どこで出会ったんだい？」

「スキューバダイビングの講習会で彼と知り合ったの。仕事だけの毎日が味気なくなって、わたし、スキューバダイビングをはじめる気になったのよ」

「そう」

「それで受講生仲間たちと誘い合わせて、沖縄の海に潜《もぐ》ってるうちに……」

「新津氏に惚《ほ》れちゃったんだ？」

「最初はただのスキューバ仲間と思ってたんだけど、事業家として成功しているのに、いつも彼は寂しげだったの。はるか年上の男性なんだけど、妙に母性本能をくすぐられてしまってね」

「妻のいる男とわかっていながら、夢中になってしまったんだ？」

「そういうことになるわね。不倫はよくないこととわかってたんだけど、いったん燃え上がった炎を消すことはできなかったの。恭輔さんにこんな話をするのは、いくらなんでも無神経よね？」

友季がそう言い、マグカップを持ち上げた。郷力は、どう答えればいいのかわからなかった。黙ってコーヒーを啜《すす》る。

「新津さんは奥さんの瑠美《るみ》さんと十年近く前から、しっくりいってないらしいの。奥さんはいま三十五なんだけど、女子大を出た年に彼と結婚したのよ。資産家の令嬢で、働いた経験もないって話だったわ。それだから、主婦だという自覚が薄くて、家庭には安らぎがなかったようなの。週末は奥さんが友人をたくさん自宅に招《よ》んでホームパーティーをしたり、箱根の別荘でバーベキュー・パーティーをしてたんだって。ブランド物を買い漁《あさ》って、外車もしょっちゅう買い換えてたみたいよ」

「女房がそんな感じじゃ、旦那《だんな》は外に安らぎを求める気になるだろうな」

「そうでしょうね」

「新津氏は、きみのことをどう考えてたのかな？　単なる浮気じゃなかったら、奥さんと離婚して、けじめをつける気になると思うんだが……」

「彼はそうしたかったみたいなの。でも、瑠美さんが離婚話には応じなかったのよ」

「まだ旦那に未練があったんだろうか」

「夫婦仲は冷えきってたはずだから、愛情云々《うんぬん》じゃなかったんだと思う。多分、本妻のプライドに拘《こだわ》ったんでしょうね」

「女房側が不倫に走ったわけじゃないんだから、妻の座は譲れないってことか」

「ええ、女の意地でしょうね。それに、新津さんの総資産は十億円以上になるみたいだから、夫が亡くなれば、奥さんにまとまった遺産が入るわけでしょ？」

「そうだな。新津氏に兄弟は？」

「いないの。彼はひとりっ子だし、両親もすでに他界してるのよ」

「新津氏に万が一のことがあったら、遺産は未亡人と実子の翔太君が半分ずつ相続することになるな。翔太君を亡《な》き者にしてしまえば、新津夫人は遺産を独り占《じ》めにできる。いや、待てよ。翔太君が死亡しても、親権者がいるわけだから、新津氏の遺産の何割かはきみが相続できるのかもしれない」

「恭輔さん、そんな話はやめて」

友季が両手で耳を塞《ふさ》いだ。すぐに郷力は謝《あやま》って、コーヒーを飲んだ。

「彼が亡くなっても、わたしは翔太の相続権は放棄するつもりなの。翔太は新津光明の実子として認知されてるけど、わたしはルール違反したわけでしょ？　奥さんのいる男の子供を勝手に産んだんだから、遺産なんて貰えないわ。翔太の遺産相続を放棄することで瑠美さんに少しでも償《つぐな》えるんだったら、迷うことなくそうします」

「きみがそういう気持ちでいても、新津夫人としては不安なんだろう。新津瑠美が誰かに翔太君を拉致《らち》させて、命を奪おうとしたとも考えられなくもないな」

「資産家の娘だった瑠美さんが、お金のためにそんな恐ろしいことまで考えるかしら？」

友季が小首を傾《かし》げた。

「金はいくらあっても邪魔にはならないもんさ。それに小さなころから贅沢《ぜいたく》な暮らしをしてきた連中は、貧乏になることを極端に恐れる傾向があるようだ」

「そうなのかな」

「だから、富裕層ほど金銭に対する執着心が強いんだろう。経済的なゆとりが彼らの支《ささ》えだし、自信にもなってるからな」

「その点については、わかる気がするわ。でも、彼の奥さんが遺産を独占したくて、翔太を殺す気になるとは思えないの」

「新津夫人とは面識があるのかい？」

「一度、密会場所に瑠美さんに踏み込まれたことがあるの。派手な顔立ちで、女優みたいに美しかったわ。奥さんは探偵社に夫の素行調査を頼んだようなの」

「そのとき、新津氏はどんな反応を見せたんだい？」

郷力は問いかけた。

「わたしとの関係を正直に認めて、奥さんに離婚してほしいと言ったわ。だけど、瑠美さんは取り合わなかった。そのことがあったんで、わたしは身を退《ひ》く決意をしたの。だけど、どうしても新津さんの子を産みたくなったのよ。子供がいれば、彼と別れた後《あと》も精神的にどこかで繋がっていられると思ったからなの。身勝手な発想だけど、そういう気持ちで翔太を産んだのよ。翔太には、かわいそうなことをしたと思ってるわ」

「新津氏に心底、惚れてたんだな」

「そう思い込むことで、わたしは瑠美さんと張り合いたかったのかもしれないわね。不倫の関係だったわけだから、わたしが妻の座を求めることはルール違反でしょ？」

「ま、そうだな」

「わたし、瑠美さんに負けたくなかったのよ。細かいことはわからないけど、彼女は結婚直後に卵巣を全摘出して、子供を産めない体になってしまったらしいの」

「そうなのか」

「その話を彼から聞いたとき、絶対に新津光明の子を産みたいと思ったわ。彼の子供を出産することで、瑠美さんよりも優位に立ちたかったの。愛人の負い目を抱えたまま尻尾《しっぽ》を巻いたら、あまりにも自分が惨《みじ》めだと感じたのよ。女の浅知恵だろうけど」

「本気でそう思ってたんなら、確かに浅はかだな。聡明《そうめい》なきみらしくないよ。愚かすぎる」

「ええ、いまはそう思ってるわ。でも、当時は奥さんに泥棒猫呼ばわりされて、本妻に負けてたまるかって思っちゃったのよ。女同士の戦いの道具にされた形の翔太には済まないと思ってるわ。それだから、わたしひとりの力で翔太をちゃんと育て上げる気でいるの」

「新津夫人が何者かに翔太君を拉致させようと画策《かくさく》したんだとしたら、金銭欲からだけじゃなく、本妻のプライドを護《まも》ろうとしたのかもしれないな」

「どういうこと？」

「新津瑠美は子供を産めない体だった。しかし、夫の愛人には子供がいた。それも、ちゃんと旦那は実子として認知してる。本妻としても、深く傷ついたはずだ」

「そうでしょうね」

「だから、新津夫人は夫が不倫相手に産ませた子をこの世から抹殺したくなった。負けず嫌いな女なら、そこまで考えるんじゃないかな?」

「ええ、ひょっとしたらね」

「明日から、少し新津瑠美の動きを探《さぐ》ってみるよ」

「お願いします」

友季が改まった口調で言い、頭を下げた。

郷力は快諾《かいだく》し、ロングピースに火を点けた。ふた口ほど喫《す》ったとき、浴室から翔太が出てきた。ブリーフしか身につけていない。

郷力は喫いさしの煙草の火を急いで揉み消した。

友季は煙草を喫わない。愛児が受動喫煙することも避けたいと思っているはずだ。

「翔太、お行儀が悪いわよ。脱衣所にパジャマが用意してあったでしょ!」

友季が息子を窘《たしな》めた。

「うん、知ってるよ。だけど、まだ暑いんだもん。ママ、耳の後ろもきれいに洗ったよ。だから、早くバタークッキーを出して。それから、カルピスオレンジもね」

「パジャマをちゃんと着るまで、どちらもお預けよ」

「ママ、ぼくは犬じゃないよ。お預けなんて言葉は使わないで！」

「ええ、わかったわ。で、どうするの？　ママに言われた通りにする？　それとも、クッキーと飲みものはいらないの？」

「いるに決まってるじゃん！」

翔太が口を尖《とが》らせ、浴室に逆戻りした。

友季が肩を竦《すく》め、椅子から立ち上がった。キッチンスペースに移動し、バタークッキーの包装紙をほどきはじめた。

郷力は残りのコーヒーを飲み干した。そのすぐ後、水色の半袖《はんそで》パジャマを着た翔太が走ってきた。

友季の息子は郷力の正面に坐ると、まっすぐ眼差《まなざ》しを向けてきた。

「おじさんの顔にゴミでもついてるのかな？」

郷力は先に口を開いた。

「ううん、何もついてないよ」

「そうか」

「ぼくとおじさんはあんまり似てないね。もしかしたら、おじさんの本当の名前は新津光明かもしれないと思ったんだ。ママはさ、ぼくのパパは事故で死んじゃったって言ったんだけど、それは嘘《うそ》かもしれないと思ってたんだよ。だから、おじさんがぼくのパパなのかもしれないと……」

「なんでそう思ったんだい?」

「だってさ、ママは夕方から嬉しそうな顔してたんだもん。それで、パパがここに来るのかもしれないと思ったんだよ」

翔太が言った。郷力は、思わず友季と顔を見合わせた。友季がほんのりと頰《ほお》を赤らめ、目を伏せた。

郷力は翔太を見つめ、目で笑った。

「ママ、早くしてよ」

翔太が焦《じ》れて手脚《てあし》をばたつかせた。その仕種《しぐさ》がかわいらしかった。

友季と別れていなかったら、いまごろ翔太と同じような年頃の父親になっていたかもしれない。そう考えると、妙に翔太が愛くるしく思えてきた。

「歯磨きを忘れないようにね」

友季が翔太に言い、バタークッキーと清涼飲料水をテーブルの上に置いた。翔太はバタークッキーを齧《かじ》って、明るく叫んだ。

「まいう！」

「テレビの観《み》すぎよ」

友季が愛息の頭に拳骨《げんこつ》を落とす真似《まね》をした。

郷力は母子を等分《とうぶん》に見ながら、顔を綻《ほころ》ばせた。

4

不審な人影は見当たらない。

郷力はレンタカーで『八雲保育所』の周辺を巡り終えて、ひとまず安堵《あんど》した。八年ぶりに友季と会った翌日の正午過ぎだ。

郷力は、借りたクラウンを保育所の庭が見える場所に停めた。

翔太は滑り台のそばで、園児たちと鬼ごっこをしている。庭には、三人の先生がいた。いずれも二十代の女性だろう。

郷力は、しばらく様子をうかがう気になった。

煙草を吹かしていると、懐《ふところ》で携帯電話が鳴った。郷力は煙草を灰皿の中に突っ込み、携帯電話のディスプレイに目を落とした。

発信者は友季だった。

「いま、翔太君の通ってる保育所の横にいるんだ。怪しい奴はいないな」

「恭輔さんが帰ってから、昨夜《ゆうべ》、わたし、いろいろ考えてみたの。あなたを頼ったこと、間違ってるんじゃないかしら？」

「間違ってる？」

「ええ。八年前まで、わたしたちは恋愛関係にあったわ。でも、それだけで恭輔さんに甘えるのは厚かましすぎるでしょ？」

「そんなことはないさ」

「内心は迷惑だと思ってるんじゃない？」

「迷惑だと思ったら、わざわざ自宅まで訪ねなかったよ」

郷力は言った。

「ほんとに？」

「ああ。翔太君を引き取る時間は？」

「きょうは、夕方の六時ごろには迎えに行けそうよ」

「そうか。それなら、おれはこれから成城四丁目にあるという新津邸に行ってみるよ。家には夫人がいるだけだという話だったよな？」

「ええ、そのはずよ。以前はお手伝いの方がいたみたいだけどね」

「わかった。何かわかったら、きみに連絡する」

「お願いします」

「新津瑠美が翔太君の誘拐未遂事件の首謀者だったら、どうする？　警察に通報する気でいるのかな」

「そうする前に、わたし、彼に相談してみるわ。翔太の父親の体面もあるでしょうから」

「ま、そうだな。しかし、翔太君にもしものことがあったら、後《あと》で悔《く》やむことになるぞ」

「ええ、そうね。瑠美さんが事件に関与してたら、まずホスピスに入院中の彼に事実を告げるわ。それから先のことは、二人で相談して決めることにする」

「それがいいな」

「恭輔さん、ちゃんと調査費用は請求してね。そうじゃないと、あなたを利用したことになっちゃうから」

「知らない仲じゃないから、費用は安くしとくよ」

「ほんとに調査費用は受け取ってね」

友季が念を押した。

郷力はうなずいたが、調査費用を貰《もら》う気はなかった。しかし、いま、そのことを伝えたら、友季の心に負担を与えてしまう。

郷力は電話を切ると、レンタカーを走らせはじめた。成城に向かう。

新津邸を探し当てたのは、三十数分後だった。

モダンな造りの二階家で、敷地は二百坪近い。庭木が多い。高級住宅街の中でも、ひと際《きわ》目立つ。

郷力はクラウンを新津宅の隣家の生垣《いけがき》に寄せた。エンジンを切って、張り込みはじめる。

刑事時代に数えきれないほど張り込みや尾行をこなしてきた。張り込みに最も必要なのは粘《ねば》りだ。愚鈍《ぐどん》なまでに根気強くマークした人物が動きだすのを待つ。焦《あせ》りは禁物だ。ひたすら退屈に耐える。そうすれば、たいてい何か成果を得られるものだ。

郷力は何時間も待たされることを覚悟していた。ところが、午後二時を回ったころ、新津邸のガレージから真紅《しんく》のポルシェが滑り出てきた。

高級ドイツ車はレンタカーの横を走り抜けていった。ステアリングを操《あやつ》っていたのは、三十四、五歳の派手な顔立ちの女だった。新津夫人だろう。

郷力はレンタカーを穏《おだ》やかに発進させた。

ポルシェは二十分ほど走り、西新宿にある高層ホテルの地下駐車場に潜《もぐ》った。郷力はクラウンをポルシェの近くに駐《と》め、瑠美と思われる女の後を追った。

彼女は白いパンツスーツ姿だった。鞄《かばん》はケリーだ。パンプスも有名ブランド物だった。

女は階段を使って一階ロビーに上がった。大振りのサングラスをかけてから、ロビーに面したティールームに入った。

郷力はロビーのソファに腰かけ、三分ほど時間を稼いだ。それから、ティールームに足を踏み入れる。

新津夫人らしい女は奥の席で、三十歳前後の男と向かい合っていた。

男の髪は、やや長めだった。服装もカジュアルだ。サラリーマンではないだろう。いったい何者なのか。

二人のいる席の真横のテーブルは空いていた。

郷力は、その席に坐った。ウェイターにコーヒーを頼み、ロングピースに火を点ける。人待ち顔を作って、横の男女の会話に耳を傾けた。

「おれ、十月には個展を開きたいと思ってるんだ。また、銀座のフォト・ギャラリーでね」

「前回の写真展は三月だったわね？」

「そう。森山大道《もりやまだいどう》のエピゴーネンに過ぎないなんて酷評もされたけど、広告代理店の連中にはそれなりに評価されたんだ」

「野良猫が道端の水溜《た》まりに口を近づけてるモノクロ写真があったわよね。わたし、あの作品は好きだわ」

「あれ、好評だったんだ。だから、準大手の広告代理店からポスター写真の依頼が来るようになったんだよ。秋の個展では、これが岩城昇《いわきのぼる》の世界だっていう写真ばかり発表したいんだ。そうすれば、おれは写真家として大きく羽ばたけると思うんだよ」

「オープニング・パーティーの費用を含めて、いくら必要なの？」

「十五日間はフォト・ギャラリーを借りたいから、二百数十万円はかかりそうだね。瑠美さん、おれをバックアップしてよ。おれさ、大学の写真学科の仲間に二十代で注目される写真家になるなんて大見得《おおみえ》切っちゃったんだ。今年の十二月で満三十歳になっちゃうから、ちょっと焦ってるんだよ」

「男の三十なんて、まだ坊やだわ。そんなに焦る必要ないんじゃない？」

「報道写真や芸術写真じゃないんだから、やっぱり三十歳前後で注目されないと、商業写真では喰《く》えないんだよ」

「岩城ちゃんは甘え上手ね。そんな顔で哀願されたら、つい財布の紐《ひも》も緩《ゆる》んじゃうわ」

「ありがとう。恩に着るよ。フォト・ギャラリーは早目に予約しておく」

「そうしなさい。あなたのわがままを聞いてあげたんだから、うーんとサービスしてもらわないとね」

「もちろん、全身を使って奉仕しますよ。いつものように、おれの名前で十六階の部屋を取っといた」

「それじゃ、部屋に行きましょう」

新津夫人が囁《ささや》き声で言い、いそいそと立ち上がった。

連れの男が倣《なら》う。二人は急ぎ足でティールームを出ていった。

これから、昼下がりの情事を娯《たの》しむのだろう。二人は数時間は部屋から出てこないにちがいない。

郷力は運ばれてきたコーヒーをゆったりと飲み、煙草を四、五本喫《す》った。ティールームを出ると、フロントに足を向けた。郷力は裏便利屋になったときから、数種の偽造身分証を使い分けていた。模造警察手帳は本物そっくりだ。

「警視庁の者だが、岩城昇という写真家がこのホテルをちょくちょく使ってると思うんだが、ちょっと調べてもらえないか」

郷力は偽の警察手帳を四十年配のフロントマンに呈示《ていじ》した。

フロントマンが緊張した面持《おもも》ちでパソコンの端末を操作しはじめた。岩城が本名でチェックインしたかどうかはわからない。情事目的で部屋を取る場合、たいてい男女ともに偽名を用《もち》いる。

しかし、ここは一流ホテルだ。それに、岩城は独身と思われる。本名で部屋を取った可能性もある。

「お待たせしました。岩城昇というお名前で、毎月三、四回、ツインルームをご利用いただいておりますね」

「そう。支払いはどうなってる？」

「毎回、現金でご精算いただいております」

「いつも昼間にチェックインしてるのかな？」

郷力は畳みかけた。

「そういう日が多いようですね。しかし、月に一度は夕方にチェックインされて、翌朝の十時ごろにチェックアウトされています」

「同宿者の名は？」

「妻瑠美となっています。岩城さまが何か犯罪に関わっているのでしょうか？」

フロントマンが声を潜《ひそ》めた。

「その疑いがあるんだ。まだ内偵の段階なんで、ホテル内で被疑者を逮捕するようなことはないよ」

「それを聞いて、ひと安心しました」

「聞き込みの件は内密に頼みたいんだ。よろしく！」

郷力はフロントを離れ、ロビーの奥まで歩いた。マガジンラックから数冊のグラフ誌を引き抜き、深々としたソファに腰かけた。

瑠美は夫がホスピスで迫《せま》りくる死と向かい合っているというのに、年下の男と白昼に快楽を貪《むさぼ》り合っている。新津との夫婦仲は、そこまで冷え切ってしまったようだ。

自分が瑠美なら、さっさと旦那と離婚する。それなりの慰謝料を貰って、人生をリセットする気になるだろう。

しかし、瑠美は本妻のプライドを棄《す》てられなかった。不倫の愛に走った新津光明を心理的に追い込むことで、報復する気になったのだろう。

そして、夫の浮気相手の友季にも辛い思いをさせたいと考えているのかもしれない。

虚《むな》しい仕返しだが、瑠美はそうしなければ、腹の虫が収まらないのだろう。

長い時間が流れた。

郷力は生欠伸《なまあくび》を噛み殺しながら、グラフ誌の頁《ページ》を繰り返し捲《めく》った。カメラマンの岩城がフロントの前に立ったのは、午後五時を数分過ぎたころだった。

瑠美の姿は見当たらない。十六階の部屋からエレベーターで地下駐車場に降り、先に帰宅したのだろうか。

岩城は精算を済ませると、地下駐車場に通じている階段を下《くだ》りはじめた。郷力はグラフ誌を急いでマガジンラックに戻し、岩城を追いかけた。

地下駐車場に着いた。

やはり、真紅のポルシェは消えていた。郷力はレンタカーに近づきながら、ごく自然に視線を巡らせた。

岩城は箱型の軽四輪車の運転席に坐っていた。黒色のキューブだ。

郷力はクラウンに乗り込んだ。エンジンを始動させたとき、岩城の車が走りだした。スロープを登り、外に出ていった。

郷力はレンタカーでキューブを追尾《ついび》しはじめた。

岩城の車は甲州《こうしゅう》街道から環七《かんなな》通りをたどって、目黒区内に入った。『八雲保育所』

に向かっているのではないか。だとしたら、若い写真家は瑠美に頼まれて翔太を拉致するつもりなのかもしれない。

郷力は気持ちを引き締め、キューブを追った。

予感は的中した。やがて、岩城の車は翔太が通う保育所の際《きわ》に停まった。残照で表はまだ明るい。

庭では、七、八人の幼児がボール遊びをしていた。その中に、翔太の姿もあった。この時間まで居残っている幼児の母親は、みな夕方まで働いているのだろう。

岩城がキューブから降りた。ジーンズのヒップポケットから一葉《いちよう》の写真を抓《つま》み出し、幼児たちの顔をひとりずつ確かめはじめた。手にしているのは、翔太の写真だろう。

岩城は写真をヒップポケットに戻すと、『八雲保育所』の周《まわ》りを一巡した。翔太を拉致できそうな場所を探しに行ったにちがいない。

岩城がキューブに乗り込み、黒い車を裏通りに移した。郷力は迂回《うかい》して、レンタカーをキューブの後方に停めた。グローブボックスを開け、グロック17を取り出す。

オーストリア製の拳銃だ。裏便利屋になったとき、口の堅い暴力団組長から格安で譲り受けた護身用ピストルである。

郷力はグロック17をベルトの下に差し込んだ。弾倉《マガジン》には、五発の実包が収まっている。

岩城がキューブを降り、『八雲保育所』に足を向けた。

郷力はクラウンから出て、忍び足で岩城の背後に迫った。左腕でカメラマンの喉《のど》を圧迫し、右手でジーンズのヒップポケットを探《さぐ》る。

抓み出した写真の被写体は、やはり翔太だった。盗み撮《ど》りされた写真のようだ。

郷力は翔太の写真を上着のポケットに突っ込み、グロック17を引き抜いた。銃口を岩城の腰に突きつける。

「騒ぐな。手にしてるのはモデルガンじゃない」

「な、なんの真似だよ⁉」

岩城の声は聞き取りにくかった。

「おまえに確かめたいことがある」

「誰なんだよ、おたくは？」

「自己紹介は省《はぶ》かせてもらう。ちょっと歩いてもらうぞ」

郷力は、少し先にある月極《つきぎめ》駐車場に岩城を連れ込んだ。
五、六台の車が駐《と》めてあった。両側は民家の庭木が繁り、奥にはマンションの壁面が迫っている。建物の側面で、ほとんど窓はない。

郷力は岩城を駐車場の万年塀《まんねんべい》と車の間に連れ込んだ。

グロック17を左手に持ち替え、向き直らせた岩城の胃《ストマック》にパンチを沈める。岩城が呻きながら、膝から崩れた。

郷力は屈《かが》み込んだ。

「女パトロンの新津瑠美に翔太という坊やを拉致してくれって頼まれたな？」

「なんの話だか、さっぱりわからないよ」

「おまえのジーンズのヒップポケットには、翔太の写真が入ってた。もう観念しろ」

「………」

「一度、撃たれてみるか？」

「やめてくれーっ」

岩城が叫ぶように言った。郷力は無言で拳銃のスライドを引いた。初弾が薬室に移った。

「そうだよ。おたくの言った通りだ。何かと世話になってる瑠美さんの頼みだったから、断れなかったんだよ」

「断ったら、秋の個展が開けなくなるからな」

「なんでそんなことまで知ってるんだ⁉」

「おれは『京陽《けいよう》プラザホテル』のティールームで、おまえと瑠美の会話を盗み聞きしてたのさ。あの後《あと》、二人は十六階の一室で爛《ただ》れた情事に耽《ふけ》ったわけだ？」

「まいったな。おたく、瑠美さんの旦那に雇われた探偵社の人みたいだね？　あっ、違うな。おたくは拳銃を持ってるからね。やくざなの？」

「好きに考えてくれ。新津瑠美は、翔太をどうする気でいるんだ？」

「それはわからない。彼女は細かいことまで言わなかったんでね」

「瑠美の旦那が末期癌でホスピスに入院中であることは？」

「それは聞いてるよ。それから、旦那に隠し子がいたこともね。そうか、翔太って坊主がその隠し子なんだな？　もしかしたら、瑠美さんは翔太って子を誰かに殺させる気でいるのかもしれないね」

岩城が呟いた。

「誰か思い当たる奴は？」

「特定の人物はいないな。けど、彼女はホスト遊びもしてるし、旦那の親友とも寝てるみたいだから、手を汚してくれる男は何人かいると思うよ」

「そうか。瑠美には、翔太の拉致には失敗したと報告しておけ。それから、おれのことは何も言うな」

郷力は岩城の懐を探《さぐ》って、運転免許証を摑み出した。現住所は杉並区下高井戸《しもたかいど》二丁目になっていた。所番地を頭に刻みつけ、運転免許証を返してやる。

「おれと浮気してることを瑠美さんの旦那に話すつもりなの？　できれば内緒にしてほしいな。彼女は大事なスポンサーだからね」

「ヒモはそろそろ卒業しろ。男だったら、自分だけの力でビッグになれ」

「そうしたいんだが、もう少し時間が必要なんだ。だから、まだ瑠美さんと縁を切りたくないんだよ」

「余計なことは言わないから、安心しろ」

「よろしくお願いします」

岩城が地べたに両手をつき、深々と頭を垂《た》れた。

郷力は鼻先で笑って、立ち上がった。グロック17をベルトの下に差し込み、大股で月極駐車場を出る。

郷力はレンタカーに引き返し、成城に向かった。

新津邸に着いたのは二十数分後だった。ガレージには、真紅のポルシェが納まっている。新津邸の窓は電灯で明るい。

郷力はレンタカーを新津邸の門扉《もんぴ》の前に停めた。

車を降り、インターフォンを鳴らす。しばらく経《た》ってから、女の声で応答があった。

「どなたでしょう?」

「理由《わけ》あって、名乗るわけにはいかねえんだよ」

郷力は、柄の悪い強請屋《ゆすりや》を装った。

「ご用件は?」

「あんた、新津瑠美だよな?」

「そうですけど」

「西新宿の高層ホテルの十六階の一室で、カメラマンの岩城昇といいことしてたね。旦那が死にそうだってのに、昼下がりの情事かい? 悪い人妻だな」

「わたしからお金を脅し取るつもりで来たんだろうけど、無駄足になったわね。岩城ちゃんとのことを新津に告げ口してもかまわないわ。先に浮気をしたのは、夫のほうなんだから。おまけに新津はね、不倫相手が産んだ子供を認知してるのよ。文句なんか言えないのよ、主人はね」

「不倫は、お相子《あいこ》ってわけか。けどさ、奥さんは浮気相手の岩城に旦那の隠し子を誘拐させようとしたよな? 違うかい?」

「おかしなことを言わないでちょうだい。わたし、そんなことを頼んだ覚えはないわ。いつまでも粘る気なら、警察を呼ぶわよ！」

瑠美がまくし立て、インターフォンの受話器を荒々しくフックに掛けた。耳障《ざわ》りな雑音が耳朶《じだ》を撲《う》った。

郷力は苦く笑って、レンタカーの中に戻った。退散した振りをするため、新津邸の周辺を五分ほど巡った。それから、改めて新津宅の斜め前で張り込みはじめた。瑠美が外出したら、直《じか》に詰め寄るつもりだ。

四十年配の男が新津宅を訪れたのは、午後八時過ぎだった。

来訪者はインターフォンを鳴らしたが、名乗らなかった。ポーチから瑠美が姿を見せ、嬉々《きき》とした顔で門まで走ってきた。来客は軽く片手を掲《かか》げた。

「早く来てくれたのね。嬉しいわ」

瑠美が四十絡《がら》みの男を邸内に招き入れ、すぐに手を握った。

男が何か短く言い、瑠美の腰に腕を回した。どうやら二人は親密な間柄らしい。

岩城が洩《も》らしていたことを思い出した。来訪者は、新津光明の親友なのではないか。

昔から、人妻を寝盗《ねと》ることは男の愉《たの》しみの一つと言われている。ましてや相手が親しい友人の妻なら、歪《ゆが》んだ征服感は深いのだろう。
郷力は、男の正体を突きとめることにした。背凭《せもた》れを大きく傾け、上体を預けた。

第二章　連れ去られた隠し子

1

看板は大きかった。

一般住宅には、明らかにそぐわない。街の調和を乱している。

郷力は、笠原敬之《かさはらたかゆき》の自宅の斜め前に立っていた。前夜、新津邸を訪れた男の住まい兼事務所は品川区荏原《えばら》七丁目にある。東急池上線の旗《はた》の台《だい》駅から七、八百メートル離れていた。

笠原は自宅で大手損害保険会社の代理店を営《いとな》んでいる。従業員はいないようだ。

昨晩、笠原は午前零時近くまで新津宅にいた。別れ際《ぎわ》に彼はポーチで瑠美と短くくちづけを交わした。やはり、二人は他人同士ではなかった。

笠原は新津邸を辞去すると、邸宅街を数百メートル歩いた。そこに、年式の旧《ふる》いレジェンドが駐《と》めてあった。

郷力はレンタカーで笠原の車を尾行し、自宅を突きとめた。きのうは、それで調査を打ち切った。

きょうは正午過ぎに塒《ねぐら》のマンスリーマンションを出て、笠原の自宅周辺で聞き込みをした。

近所の人たちの評判は悪くなかった。名門私大の商学部を卒業した笠原は大手損保会社に就職し、二十八歳のときに三つ下の妻と恋愛結婚した。その一年後に長女が生まれた。子供はひとりだった。

その娘は、有名女子大学の附属中学校の一年生だ。授業料の高い学校だった。笠原は五年前に独立して、自宅で損保代理店を開いた。しかし、サラリーマン時代よりも収入はだいぶ少なくなってしまったらしい。

笠原夫妻は世間体を気にするタイプで、近所の人たちには見栄を張りつづけているようだ。自分たちは質素な暮らしをしていても、ひとり娘には贅沢《ぜいたく》をさせているという話だった。

笠原は妻子を養《やしな》うことに苦労しているのだろう。それに引き替え、親しい友人の新津光明は順風満帆《じゅんぷうまんぱん》だ。笠原は妬《ねた》みから、友人の妻を寝取《ねと》る気になったのか。

そうではなく、瑠美に誘惑されたのか。笠原はハンサムで、知的な雰囲気を漂《ただよ》わせている。親密になったきっかけは、後者だったのかもしれない。

笠原は当然、親友の新津が末期癌《がん》患者であることは知っていたはずだ。新津が死ねば、瑠美にまとまった額の遺産が転がり込む。そうなれば、瑠美から金を引き出せる。

そうした打算もあって、笠原は親友の妻と密会を重ねているのだろう。

郷力は十数メートル歩いて、レンタカーの運転席に入った。

あと十分ほどで、午後三時になる。

郷力は煙草をくわえた。笠原が自宅兼事務所にいることは、偽電話で確認済みだった。

岩城は昨夕《さくゆう》、翔太を拉致《らち》することはできなかった。瑠美が笠原に代役を頼む可能性もある。しばらく張り込んでみる価値はありそうだ。

笠原宅のガレージから灰色のプリウスが走り出てきたのは、三時半だった。

ハンドルを握っている笠原は茶系の背広を着て、きちんとネクタイを締めている。

顧客に会いに行くのか。

郷力はプリウスが遠ざかってから、レンタカーを走らせはじめた。

プリウスは住宅街を抜け、中原《なかはら》街道に出た。右折すれば、五反田《ごたんだ》方面に向かうことになる。笠原の車は左折し、多摩川方向に走りはじめた。

郷力は一定の車間距離を保《たも》ちながら、プリウスを追った。

プリウスは多摩川を越え、神奈川県川崎市に入った。中原区の外れで左に曲がり、東急東横線の元住吉《もとすみよし》駅方面に進んでいる。損保の得意先をめざしているのか。まるで見当はつかなかった。

プリウスが停まったのは、駅前商店街の中ほどにある雑居ビルの前だった。一階は化粧品店で、二階は消費者金融のオフィスになっていた。三階はジャズダンス教室だ。

笠原が車を降り、雑居ビルの中に入っていった。馴《な》れた足取りだった。

郷力はクラウンを路肩《ろかた》に寄せ、急いで運転席から離れた。三階建ての雑居ビルまで駆け、階段を昇る。

一階と二階の間の踊り場に達したとき、笠原が消費者金融のオフィスに入る姿が見えた。当座の生活費を借りる気になったのか。

郷力は雑居ビルを出て、少し離れた舗道にたたずんだ。

十分ほど待つと、笠原が雑居ビルから現われた。心なしか、表情が明るく見える。

首尾《しゅび》よく金を借りることができたようだ。

　笠原は数十メートル歩き、洒落《しゃれ》た洋菓子店に入った。

　郷力はケーキショップの斜め前に立ち、店内を覗《のぞ》き込んだ。笠原は苺《いちご》のショートケーキ、モンブラン、フルーツタルト、シュークリームなどを買った。白いケーキの箱を持った彼は数軒先にある生花店に入り、マリーゴールドの鉢植えを求めた。

　顧客への手土産か。多分、そうなのだろう。

　郷力は先にレンタカーの中に戻った。数分後、笠原がプリウスに乗り込んだ。郷力は、ふたたび笠原の車を尾行しはじめた。

　プリウスは来た道を引き返し、荏原七丁目の自宅に戻った。くたびれ儲《もう》けだ。

　郷力は苦笑して、ＮＴＴの番号案内係に『元住吉ファイナンス』の代表番号を問い合わせた。すぐに消費者金融会社に電話をする。

　受話器を取ったのは、年配の男だった。声が暗い。客に貸した金の回収が進んでいないのか。

「警察の者だが、数十分前に笠原敬之って客に金を貸したな？」

「個人情報は明かせませんよ」

「協力しないと、『元住吉ファイナンス』の業務内容をとことん洗うことになるぞ」

「えっ⁉」

「法定金利の二十パーセントをきちんと守ってるわけじゃないだろうが！　それから、取り立《キリトリ》てでも違法なことをしてるはずだ」

「最近の客は開き直ったりするんで、紳士的なことを言ってたら、焦《こ》げつきが増えるばかりなんですよ」

「どうする？　この際《さい》、廃業するかい？」

郷力は威《おど》した。

「勘弁してくださいよ。さっき笠原さんには五十万ほどお貸ししました。年利二十七パーセントでね」

「笠原の負債総額は？」

「もう四百万は超えてますよ。しかし、持ち家に住んでますし、大手損保の代理店をやってますんで、こちらに不安はありません。それに笠原さん、年内には数千万円の入金予定があるとおっしゃってましたんでね」

相手が言った。

郷力はぶっきら棒に謝意を表し、携帯電話を折り畳んだ。そのすぐ後、着信ランプが灯《とも》った。

発信者は友季だった。

「少し前に保育所の先生から連絡があって、翔太が午後三時過ぎにいなくなったらしいの」

「なんだって⁉」

「手洗いに行ってくると言って、遊戯室を出ていったきりなんで、先生が様子を見に行ってくれたそうなの。そうしたら、トイレに翔太の上履《うわば》きが片方だけ落ちてたんですって。誰かに連れ去られたんだと思うわ」

「保育所の関係者は不審者を目撃してないのか？」

「誰も怪しい人物は見てないらしいのよ」

「そうか」

「暗くなるまでに翔太の行方がわからなかったら、警察に連絡をしたほうがいいわよね？」

「それは少し待ったほうがいいな。翔太君が誘拐されたんだったら、警察が動くと、犯人側を刺激することになる」

「ええ、そうでしょうね。わたし、どうすればいいのかしら？　早退《はやび》きして、『八雲保育所』に向かうつもりなんだけど」

「そうしてくれ。保育所で何か手がかりを得たら、すぐ教えてほしいんだ。おれは、ちょっと疑わしい奴を揺さぶってみるよ」

郷力は岩城昇の顔を思い浮かべながら、先に電話を切った。

レンタカーを発進させ、下高井戸に向かう。岩城が住んでいる『メゾン下高井戸』は四階建てのワンルームマンションだった。

郷力はクラウンを路上に駐《と》め、『メゾン下高井戸』の二〇四号室に急いだ。

インターフォンを鳴らすと、スピーカーから岩城の声で応答があった。

「どなた？」

「バイク便です」

郷力は言い繕《つくろ》って、ドアの横に身を移した。ドア・スコープからは見えない位置だった。

部屋の青いスチールのドアが開けられた。郷力は岩城の脇腹《わきばら》を力まかせに殴った。

岩城が呻《うめ》いて、体を二つに折る。

「翔太は部屋の奥にいるのか？」

郷力は岩城の肩口を摑《つか》んで立ち上がらせた。

「な、何を言ってんだよ⁉」

「おまえなんだろっ、保育所の便所から翔太を連れ去ったのは？」

「違う、おれじゃない。瑠美さんの旦那《だんな》の隠し子が連れ去られたのはいつなんだ？」

「きょうの午後三時前後だよ」

「それなら、おれにはアリバイがある。午後一時ごろから、部屋で広告代理店の人たちとポスター制作の打ち合わせをしてたんだ」

岩城が安堵した表情で言い、奥にいる二人の男を呼んだ。姿を見せた男たちは、岩城と同年代に見えた。

郷力は現職刑事になりすまし、男たちの身許《みもと》を確かめた。二人は、それぞれ名刺を差し出した。準大手の広告代理店の社員だった。

片方はアートディレクターで、もうひとりはコピーライターだ。男たちは岩城が午後一時過ぎから自室にいたことを証言した。岩城と口裏を合わせている気配はうかがえなかった。

「奥で待っててくれ」

郷力は二人の来客に言って、二〇四号室の玄関ドアを閉めた。

「おたく、偽刑事だよね？　現職警官が拳銃をちらつかせるわけないからな」

「あれこれ詮索《せんさく》すると、口の中に銃身を突っ込むぞ」

「わかったよ。もう何も言わない」

「新津瑠美には翔太を拉致できなかったことを昨夜《ゆうべ》のうちに報告したのか？」

「ああ、電話でね。坊やの周《まわ》りに保育所の先生がいつもいたんで、引っさらうチャンスがなかったと言っといたよ。おたくのことは、ひと言も喋《しゃべ》らなかった」

「そうか。女パトロンの反応は？」

「がっかりした様子だったな」

「もう一度、翔太を狙《ねら》えとは言わなかったのか？」

「そう言われると思ってたんだけど、瑠美さんは黙って報告を聞いてただけだったよ。おれじゃ、頼りにならないと思ったんだろうね」

岩城が自嘲《じちょう》的な口ぶりで言った。

「おそらく、そうなんだろう。おまえの代役を押しつけられたのは誰だと思う？」

「お気に入りのホストか、旦那の親友のどっちかなんじゃないかな。幼児誘拐はれっきとした犯罪だから、めったな奴には頼めないでしょ？」

「ま、そうだな」

「おれは下手したら、お払い箱にされるかもしれないね。きのうの失敗《ドジ》は、かなりのマイナスだから」

「そうなったら、秋に写真展を開けなくなるな」

「個展はできると思う」

「費用はどこで工面《くめん》するんだ？」

「瑠美さんから、手切れ金を貰《もら》う。おれね、彼女とナニしてるとこをスマホのカメラで動画撮影したんですよ。彼女には淫《みだ》らな映像は削除したって言ってあるんだけど、本当は保存してあるんだ」

「抜け目がないな」

「好きでもない人妻にさんざん奉仕してきたんだから、退職金を少しぐらい貰わないとね」

「足の指でもしゃぶらされたのか？」

「もっと屈辱的なサービスを強《し》いられたんだ。彼女、サディスティックなとこがあるから」

「顔に小便でも引っかけられたようだな」

「具体的なことは言いたくない。思い出すと、すごく惨《みじ》めになっちゃうんでね」

「ま、いいさ」

「おたくがここに来たことは、瑠美さんには言わないよ。だから、もう手荒なことはしないでほしいな。おたくのパンチ、重かった」

「手加減したつもりなんだが……」

「ひょっとしたら、元プロボクサーなんじゃないの？」

「そうじゃないが、学生のときにちょっとボクシングをな」

「反撃しなくて正解だったな。おたくが本気で怒ったら、こっちは殴り殺されてただろうからね」

「それほどのハードパンチャーじゃないさ」

郷力は踵《きびす》を返した。面映《おもはゆ》くて仕方がない。

速足《はやあし》で歩き、階段を一気に駆け降りる。郷力はレンタカーに乗り、成城に向かった。

瑠美を揺さぶってみる気になったのだ。

郷力は徐々に加速しはじめた。

2

ガレージのシャッターが巻き上げられた。

新津邸である。赤いポルシェの運転席には、瑠美が坐っていた。

郷力はポルシェの前に立ち塞《ふさ》がった。瑠美がホーンを鳴らした。一度ではなく、二度だった。郷力は薄く笑って、ポルシェのフロントグリルに腰かけた。

「なんのつもりよっ」

瑠美が運転席のパワーウインドーを下げるなり、金切り声を張り上げた。

「お出かけは中止だ」

「あなた、頭が変なんじゃない？　一面識《いちめんしき》もない相手にそんなことを言うなんて、絶対におかしいわ」

「確かに話をするのは初めてだよな。しかし、おれはあんたのことをよく知ってる」

「えっ⁉」

「新津瑠美、三十五歳。旦那の新津光明は空調関係の会社を経営してるんだが、いまは日野市内のホスピスに入院中だよな。末期癌で余命いくばくもない。どこか違ってるかい？」

「あなた、何者なの？」

「社長夫人のあんたは旦那が入院中なのをいいことに、カメラマンの岩城昇と火遊びをしてる。西新宿の高層ホテルで、年下の男と昼下がりの情事を娯《たの》しんでることはわかってるんだ」

郷力はフロントグリルから滑り降り、ポルシェの運転席に近づいた。

瑠美が怯《おび》えた顔で、ガレージのオートシャッターを下《お》ろした。

「いい子だ。外出は控える気になったんだな」

「そうよ」

「あんたの浮気相手は岩城だけじゃない。旦那の親友の笠原敬之とも不倫してる。きのうの晩、笠原を自宅に招《よ》んで甘い一刻《ひととき》を過ごしたね」

「………」

「いまさら空とぼけても意味ない。昨夜《ゆうべ》、おれはこの家の前で張り込んでたんだ。笠原はあんたを抱いた後《あと》、プリウスで旗の台にある自宅に戻った。そこまで見届けたんだよ。あんたはお気に入りのホストともベッドを共にしてるにちがいない。とんでもない人妻がいたもんだ」

郷力は珍しく長々と喋《しゃべ》った。ふだん口数は少ない。翔太の安否《あんぴ》が気がかりで、早く瑠美を袋小路に追い込みたかったのだ。

「新津に雇われた探偵なのね？」

「おれは、あんたの亭主には会ったこともない」

「ほんとなの？」

「ああ」

「わかったわ。恐喝屋なんでしょ？」

「想像に任せるよ。あんたの男遊びのことを知ったら、旦那のプライドはずたずただな」

「新津だって、愛人がいた時期があるのよ。それを知るまでは、わたしだって浮気なんか一度もしてないわ。だけど、なんだか夫のことを赦《ゆる》せなくなって、不倫に走ってしまったの。新津には、隠し子がいたのよ。わたしが子供を産めない体と知ってて、愛人を妊娠させるなんて思い遣《や》りがなさすぎるわ。そうでしょ？」

「夫婦のことは、他人にはわからない。夫婦仲が冷えた原因は双方にあるんだろう」

「わたし、新津には尽くしてきたつもりよ。でも、夫は子供を欲しがってたから、妊娠しない体のわたしに失望したんでしょうね」

「それはそれとして、女房に浮気されても寛大でいられる亭主はいないはずだ。おれがあんたの男遊びのことを旦那に告げ口したら、どうなるかね？　おそらく新津光明は、自分が死ぬ前に急いで妻と離婚する気になるだろう」

「わたしは離婚なんかしないわ。不倫のことはお互いさまだし、夫は愛人が産んだ子を認知してるのよ。別れたいだなんて、身勝手すぎるわ」

「あんたがどうしても離婚に応じない場合は、旦那は殺し屋を雇うだろうな」

「新津がわたしを誰かに殺させるって言うの!?」

「ああ、おそらくな。男のプライドを傷つけた女房には遺産を相続させたくないと思うだろうが？」

「そうなったら、わたしは……」

瑠美がポルシェの運転席から降りた。香水の匂いが郷力の鼻腔《びこう》を甘くすぐった。

「こんな所で立ち話もなんだから、とりあえず家の中に入りましょ」

瑠美がガレージから石畳のアプローチを進み、先に広いポーチに駆け上がった。郷力はほくそ笑《え》み、瑠美の後につづいた。

通されたのは、玄関ホールに接した応接間だった。三十畳ほどの広さで、外国製らしいソファセットがほぼ中央に据えられている。

マントルピースは総大理石で、シャンデリアはバカラの特注品のようだ。壁に掲《かか》げられているマリー・ローランサンの油絵はもちろん複製ではないだろう。

「ロマネ・コンティでもお飲みになる？」

瑠美がそう言いながら、郷力を総革張りの象牙色《ぞうげいろ》の応接ソファに坐らせた。

「成金趣味丸出しだな。コーヒーでいいよ、車だから」

「ビンテージもののロマネ・コンティは何百万もするけど、熟成期間の浅いものなら、それほど高くないのよ」

「それでも平均的な勤め人には買えない値段のはずだ」

「ええ、それはね」

「おれは呉服屋の小倅《こせがれ》だから、要領よく富や名声を手に入れた連中にはなんとなく反感を懐《いだ》いてるんだ。てめえばかりいい思いをしてる奴らは、這《は》いつくばって生きてる庶民を軽く見る傾向があるからな」

「それは僻《ひが》み根性なんじゃないかしら？　成功者たちの多くは、決して他人を蔑《ないがし》ろにはしてないわ。だから、周囲の人たちに支援されて、勝ち組になったのよ」

「勝ち組？　おれは、その言葉が大嫌いなんだ。社会的地位と収入を得ることが人生の勝利者だと思ってるんだったら、あまりにも寂しいじゃないか。ワーキングプアが増えたのは、がつがつと餌を漁《あさ》るエゴイストどもが幅を利かせるようになったからだ」

郷力は言ってから、すぐに悔やんだ。日頃から不満に感じていたことを瑠美に言っても意味がない。胸《むな》に虚しさが拡《ひろ》がった。

「あなたとここで人生論をたたかわせても仕方ないでしょ？」

「そうだな」

「コーヒーを淹《い》れてくるわ」

瑠美が応接間から出ていった。

郷力は煙草に火を点けた。一服し終えて間もなく、瑠美が戻ってきた。洋盆《トレイ》は持っていなかった。

「コーヒーよりも、こっちがいいんじゃない?」

瑠美が謎めいた笑みを浮かべ、コーヒーテーブルに札束を置いた。帯封の掛かった百万円の札束が三つ重ねられている。

「不倫の口止め料ってわけか」

「そう受け取ってもらってもいいわ。いま新津を怒らせると、わたし、何かと困るのよ」

「三百万か」

「いま手許《てもと》には、これしかないの。明日、不足分を用意するわ。だから、わたしの浮気のことは新津には黙っててほしいのよ」

「一億用意できるか?」

「無理よ、そんな大金は。一千万ぐらいなら、何とかなると思うけど。その額で手を打ってくれない？」

「たったの一千万か。端《はし》た金を貰っても仕方ない。おれ、女は嫌いじゃないんだが、まだ人妻は抱いたことがなかったな」

郷力はあることを思いつき、好色漢を装った。

「そうなの。でも、わたしはもう三十代だから、抱く気にはならないでしょ？」

「まだ充分に色っぽいよ」

「ほんとに？　それなら……」

瑠美がコーヒーテーブルを回り込んできて、郷力の手を取った。紗《しゃ》のかかったような眼で熱く見つめてくる。

郷力はわざと目尻を下げ、勢いよく立ち上がった。瑠美に手を引かれ、応接間を出る。

導かれたのは二階の寝室だった。

二十畳ほどのスペースで、出窓側にアール・デコ調のダブルベッドが置かれている。支柱には装飾が施《ほどこ》されていた。出入口の近くに、ソファセットがあった。シャワールーム付きの寝室だった。

「急いでシャワーを浴びるわ。ソファで寛《くつろ》いでて」

瑠美が寝室のドアを閉め、内錠を掛けた。

「そのままでいい」

「でも、少し汗をかいたから……」

「まるっきり無臭じゃ、面白みがないもんさ」

「わたし、体臭は弱いほうだと思うけど、このままでいいのかしら？」

「そのままのほうがいいな」

郷力はソファに腰かけ、脚《あし》を組んだ。

瑠美が後ろ向きになって、手早く衣服を脱いだ。短く迷ってから、ランジェリーも取り除いた。ボディーラインは、さほど崩れていない。後ろ姿は二十代にしか見えなかった。

「あなたも早く裸になって」

瑠美が言って、ゆっくりと体を反転させた。

椀型《わんがた》の乳房は、まだ張りを保《たも》っている。子を産んでいないせいだろう。ウエストのくびれも深い。恥丘がぷっくりと盛り上がっている。繁みは薄いほうだ。

「ありきたりのセックスには飽《あ》き飽きしてるんだ」

郷力はソファから立ち上がって、シャワールームの横にあるクローゼットに近づいた。

扉《とびら》を開けると、男女両方のウールガウンやシルクガウンがハンガーに掛かっていた。

郷力はすべてのベルトを引き抜き、体ごと振り返った。

「ベッドに大の字に寝てくれ」

「わたしの手脚《てあし》をベッドの支柱に縛《しば》りつけるのね？」

「そうだ」

「男性を麻縄や革紐《かわひも》で縛ったことはあるけど、逆は初めてよ」

「そっちはＳ《エス》の傾向があるようだが、どんな人間もサドとマゾの両方の要素を併《あわ》せ持ってる。案外、マゾの悦《よろこ》びにめざめるかもしれないな」

「両方が開発されたら、どんなタイプの男性ともお手合わせできるのね。なんか興味が湧《わ》いてきたわ」

瑠美が声を弾《はず》ませ、ダブルベッドに仰向けになった。ベッドカバーの上だった。

「両手をＶ字に掲《かか》げて、脚を大きく開いてくれ」

「なんか恥ずかしいわ」

「小娘じゃあるまいし」

郷力はせせら笑って、急《せ》かした。

瑠美が意を決した顔つきで、言われた通りにした。股間《こかん》の合わせ目が小さく笑《え》み割れた。フリルのような肉片は大きく、厚みもあった。

郷力はガウンのベルトで、瑠美の四肢《しし》をベッドの支柱に括《くく》りつけた。

「どんな気分だ？」

「妙な感じよ。恥ずかしいんだけど、体の奥まで覗かれてもかまわないって気持ちにもなりそうだわ」

「やっぱり、マゾの潜在的な要素も眠ってたんだな」

「そうなのかしら？」

「もっと辱《はずかし》めてやるか。寝室のどこかに大人の玩具《おもちゃ》があるんだろう？」

「新津はセックスグッズ、好きじゃないのよ。だから、バイブの類《たぐい》はここにはないの」

「そういうものは浮気相手に使わせてるわけか」

「もっぱら使うのは……」

「あんたのほうなのかい？」

「ええ、まあ。バイブレーターやピンクローターを使われると、わたし、なんだか腹が立ってきちゃうの。Sの要素が強いんだと思うわ」

「岩城や笠原の尻《けつ》めどにバイブを突っ込んで、ピンヒールでパートナーの背中を踏んづけてるんだ?」

「そこまでやったことはないけど、男性をいじめるのは嫌いじゃないわ。岩城ちゃんに犬の首輪を掛けて床を這《は》い回らせてると、だんだん体の芯《しん》が潤《うる》んでくるの」

「縛ることも好きそうだな」

「そうね」

「旦那の親友の笠原もロープか針金で、ぐるぐる巻きに縛ったことがあるのか?」

「それはないけど、玩具の手錠を後ろ手に掛けたことはあるわ。それから毛布で、ぐるぐる巻きにしたこともあったわね」

「その状態で馬乗りになったり、床に転がしたりするわけか。そして、焦《じ》らしに焦らしてから、体に触《ふ》れさせてやるんだな?」

「そんなことより、したいことをして。何をされても怒らないわ。その代わり、わたしの不倫のことには目をつぶってほしいの」

「あんたの大事なとこに、ロマネ・コンティのネック部分を突っ込んでやるか」

「異物を挿入するのは堪忍して。そんなことされたら、わたし、不愉快になるだけだと思うから」

瑠美が顔をしかめた。

「それじゃ、記念撮影でもするか」

「えっ⁉」

「どうってことないだろうが」

郷力は上着の内ポケットからカメラ付きの携帯電話を取り出し、しどけない姿の瑠美にレンズを向けた。

「後で画像を削除してくれるんでしょ？」

「もちろんさ」

「それなら、どんなアングルから撮ってもかまわないわ」

瑠美が瞼《まぶた》を閉じた。

郷力は瑠美の足許に回り込み、秘めやかな部分と顔の写るアングルを探した。

シャッターを五度押して、画像を再生してみる。一カットだけ画像が不鮮明だったが、残りの四枚はくっきりと写っていた。

「接写してもいいわよ」

瑠美が目を開けた。

「え？」

「男性は、女のシークレットゾーンをとっくりと見たいんでしょ？　男は視覚で性的な興奮をするようだから」

「たくさんの女たちの秘部を拝ませてもらったから、いまさら接写したいとは思わない」

「でも、ひとりひとり微妙に形状が違うはずよ」

「そうだが、ノーサンキューだ」

郷力は携帯電話を懐に戻した。

「それなら、わたしの顔の上に跨《また》がって。口は自由に使えるから、くわえてあげる。わたし、オーラル・セックスにはちょっと自信があるの」

「そいつも遠慮しておこう」

「どういうことなの⁉　わたしを抱く気はないわけ？」

「ああ。罠《わな》に嵌《は》めたのさ、あんたをな」

「一千万じゃ、不満なのね？　いくら欲しいのよ。二千万？　三千万なの？」

「金は一円もいらない」

「わけがわからないわ。あなた、何を企《たくら》んでるのよっ」

「おれの質問に正直に答えないと、さっきのみっともない画像をネットで一般公開することになるぞ。知り合いや旦那の会社の男性社員が画像を観《み》るかもしれない。そうなったら、あんたは恥ずかしい思いをする」

「何を知りたいの?」

「あんたはきのう、カメラマンの岩城に夫と愛人の間にできた四歳の瀬戸翔太を拉致させようとしたが、うまくいかなかった」

「あなた、瀬戸友季の身内か何かなの?」

「はぐらかすな。どうなんだっ」

「それは……」

「時間稼ぎはさせない。もういいよ。これから、恥ずかしい画像をネットに流す」

「ま、待ってちょうだい。お願いだから、そんなことはしないで」

「早く答えろ」

「そうよ。あなたが言った通りだわ」

瑠美が観念した。

「やっぱり、そうだったか。旦那が翔太を実子として認知してるんで、あんたは新津光明の遺産が隠し子に渡ることが面白くなかったんだな?」

「そういう気持ちもあったけど、新津の血を分けた子供がこの世にいることが赦《ゆる》せなかったのよ」

「岩城が計画通りに翔太を誘拐したら、奴に始末させる気だったのか？」

「そのことについては堪忍して」

「甘ったれるな！」

「言うわ。岩城ちゃんが夫の隠し子を引っさらってくれたら、わたし、自分の手で首を絞めて殺すつもりだったの。いざとなったら、殺せないかもしれないけど、翔太という坊やを抹殺したいと思ってたことは事実よ」

「本妻として深く傷ついたんだろうが、子供には何も罪がないじゃないかっ。見苦しい逆恨《さかうら》みだな」

「あなたになんか、わたしの惨《みじ》めな気持ちはわかりっこないわ。わたしはどう望んでも、新津の子を産むことはできないの。それを知りながら、愛人に出産させる夫の神経はラフすぎるわ。新津に迷惑はかけないからとシングルマザーの道を選んだ瀬戸友季もエゴイストよ。正式な夫婦じゃないのに、子供なんか産んだりして。翔太って子が何かと辛い思いをすることはわかりきったことでしょ？」

「友季、いや、旦那の彼女だった女性は翔太に一生返せない借りを作ったと思ってるにちがいない。それでも、惚《ほ》れた男の血を引く子供を育てたかったんだろう」

「それが利己的だって言うのよっ。妻のわたしの気持ちなんかどうでもいいわけ？　人の道に外れてるわ」

「しかし、瀬戸友季はシングルマザーになる決意をしたとき、あんたの旦那とはきっぱりと別れたみたいじゃないか」

「ええ、そうね。でも、それで償いが終わったと思われたんじゃ、こっちはたまらないわ」

「だから、岩城とは別の奴にきょうの三時過ぎに翔太を拉致させたわけか？」

「翔太って子、誘拐されたの⁉」

「あんたがやらせたんじゃないのかっ」

郷力は瑠美を睨《にら》みつけた。

「変なことを言わないでよ。わたし、誰にもそんなことはさせてないわ」

「笠原にも岩城にもアリバイがあった。あんた、ホストともつき合ってるな？」

「なんで、そんなことまで知ってるの⁉」

「そのホストに旦那の隠し子のことを話したことは？」

「一度だけ、話したことがあるわ」

「そのとき、愛人が産んだ子の名前まで話したのか？」

「さあ、どうだったかしら？　はっきりとは憶《おぼ》えてないわ」

「ホストの名前は？」

「本名は知らないけど、お店では徳大寺聖人《とくだいじまさと》という名を使ってるわ。まだ二十三歳だけど、お店ではナンバーワンなの」

「店の名は？」

「それは……」

瑠美が言い澱《よど》んだ。

「仕方ない。さっきの画像を一般公開させてもらおう」

「やめて！　聖人は、歌舞伎町二丁目の『ホワイトナイト』というホストクラブで働いてるの」

「そうか」

「何もかも喋ったんだから、早く手足を自由にして！」

「もがいてるうちにベルトは緩《ゆる》むさ。あばよ」

郷力は言い捨て、広い寝室を出た。

3

ネオンだらけだった。

新宿の歌舞伎町二丁目だ。区役所通りから一本横に入った通りである。

郷力は歩《ほ》を運びながら、左右の軒灯《けんとう》を目で確かめた。

まだ七時半を回ったばかりだ。どのホストクラブも営業準備中かもしれない。しかし、ホストたちはもう出勤している時刻だろう。

郷力は足を速めた。

その直後、暗がりから黒人の大男が飛び出してきた。上背は二メートル近くありそうだ。

「わたし、いいバー紹介する。女の子、みんな美人ね。お酒も安いよ」

「もう少し日本語の勉強をしたほうがいいな」

「わたし、毎日、勉強してる。一緒に暮らしてるヒトミ、日本人ね」

「ナイジェリア人だな？」

郷力は問いかけた。

「あなた、凄い！　わたし、三年前にナイジェリアから来た。歌舞伎町に同じ国の男たち、三百人以上もいる。だから、心強いね。中国人もイラン人も怕《こわ》くないよ」

「ナイジェリア・マフィアの客引きだな？」

「わたし、暴力バーと関係ないよ。ぼったくりなんてしてないね。店の女の子たち、誰もパンティー穿《は》いてない。セット料金、たったの四千円ね」

「相手を選べや」

「あなた、やくざか《ギャングスター》？」

「もっと凶暴な人間だよ」

「え？」

巨身の黒人が前屈《まえかが》みになった。

郷力は相手の向こう臑《ずね》を強く蹴りつけた。黒い肌の大男が呻いて、母国語で何か悪《あく》態《たい》をついた。郷力はダブルパンチを見舞った。

狙ったのは腎臓《キドニー》と顎《チン》だった。どちらもヒットした。

ナイジェリア人がいったん身を折り、大きくのけ反《ぞ》った。郷力は前に跳《と》び、相手を肩で弾《はじ》いた。

巨体の黒人は呆気《あっけ》なく後方に引っくり返った。弾《はず》みで、両脚が跳《は》ね上がる。

靴がやけに大きく見えた。優に三十センチはあるだろう。

「わたし、怒った。おまえを殺す！」

ナイジェリア人が喚《わめ》いて、半身を起こした。

郷力はステップインした。相手の胸板を蹴る。強烈な前蹴りだった。肋骨《ろっこつ》が何本か折れたはずだ。

横倒れに転がった黒人は巨身をくの字に折って、苦しげに唸《うな》りはじめた。剝《む》いた歯がやけに白く見える。肌が黒いせいだろう。

「日本で悪さばかりしてないで、アフリカに帰って真面目に働くんだな」

郷力は言い捨て、先を急いだ。

目的の『ホワイトナイト』は、四、五十メートル先にあった。飲食店ビルの地階だった。派手な装飾電球が目立つ。店頭には人気ホストの顔写真が並んでいた。ナンバーワンの徳大寺聖人のパネル写真だけ大きい。

瑠美が入れ揚げているホストは、間違いなく美青年だった。下手な男優よりも目鼻立ちは整っている。

ただ、目つきが悪い。野心でぎらついていて、卑《いや》しさが顔に出ている。生《お》い立ちは暗いのだろう。

　郷力は分厚いカーペット敷きの階段を降りた。

ステップを下《くだ》りきると、三十七、八歳の男が近寄ってきた。店の支配人だろう。

「徳大寺聖人に会いたいんだ」

　郷力は言って、模造警察手帳をちらりと見せた。

「聖人が何か問題を起こしたんでしょうか？」

「そっちは支配人だね」

「はい。小谷《こたに》といいます」

「この店に新津瑠美という客がよく来てるよな？」

「ええ。週に一度はお見えになって、必ず聖人を指名してくださってます」

「派手に金を落としてくれてるんだろ？」

「最低でも一晩に五、六十万円は……」

「よっぽど聖人ってホストが気に入ってるんだろう」

「ええ、それは大変なひいきぶりです」

「そう」

「あのう、聖人がいったい何をしたんでしょう？」

　小谷と名乗った支配人が問いかけてきた。

「詐欺をやったんだよ」

「えっ⁉」

「聖人をペットにしたがってる土建屋の女社長から、五千万ほど騙《だま》し取ったんだ」

郷力は言った。とっさに思いついた作り話だった。

「それは、まずいですね」

「で、聖人は？」

「少し前に電話がありまして、今夜は店を休ませてくれとのことでした。頭痛がひどいらしいんですよ」

「それじゃ、自宅で寝てるんだ？」

「だと思います」

「捜査資料によると、聖人の本名はえーと……」

「堀内和人《ほりうちかずと》です」

「ああ、そうだったな。確か自宅は高田馬場だったはずだ」

「いいえ、違います。聖人は、いいえ、堀内和人は四谷四丁目にある『四谷アビタシオン』に住んでます。部屋は六〇七号室です」

「そうだった。別の被疑者と勘違いしてたよ」

「刑事さん、彼は月収三百万は稼いでますんで、金には困ってなかったはずですがね。なんで五千万円を騙し取るようなことをしたんでしょう？」

「被害届を出した女社長の話だと、この店のナンバーワンは独立して、六本木に大型のホストクラブを開きたいと言ってたらしいよ」

「あいつ、そんなことを考えてたんですか⁉」

「いまの話はオフレコだぜ。それから、こっちがここに来たことも内緒にしといてくれないか。堀内和人に逃《フケ》げられたら、おれが減点されちゃうからさ」

「その点は心得てます」

支配人が言った。

「頼むぜ。新津瑠美にも余計なことは言わないでほしいんだ」

「わかりました」

「せいぜい稼いでくれ」

郷力は小谷の肩を叩き、階段を駆け上がった。

表に出ると、さきほどのナイジェリア人がすぐ近くにいた。彼のそばには、三人の黒人男性がいた。揃《そろ》って表情が険《けわ》しい。

ぶちのめした大男が郷力を指さし、仲間たちに何か告げた。母国語だった。

四人の男が郷力を取り囲んだ。

「さっきの仕返しにきたらしいな」

郷力は、巨身の黒人に言った。

「わたし、怒ってる。おまえ、アフリカ人を低く見てる。それ、気に入らないね」

「別にナイジェリア人を軽く見てるわけじゃない。そっちがぼったくりバーの客引きだから、アフリカに帰れと言ったんだ」

「おまえ、嘘《うそ》つきね。心の中で、黒人を差別してる」

「それは被害妄想だ」

「その日本語、難しいね。わたし、意味わからないよ。でも、おまえの考え方、間違ってる。人類の先祖は黒人だった。進化して、後《あと》から白人や黄色人種が誕生したね。だから、わたしたちのほうが凄《すご》い」

「何を言いたいんだ？」

「わたしたち、黄色人種よりも偉いね。それだから、おまえのこと、どうしても赦《ゆる》せない。仲間と一緒にぶちのめすね」

ナイジェリア人の大男がいきり立ち、右のロングフックを放った。

郷力はウェイビングでパンチを躱《かわ》し、にっと笑った。

すると、仲間の三人が躍《おど》りかかってきた。

郷力は先頭の男の顔面に右のストレートパンチを叩きつけ、その左隣にいる相手に左のボディーブロウを放った。二人の男は相前後して、体をふらつかせた。

残った男はファイティングポーズを取ったが、いっこうに踏み込んでこない。明らかに萎縮《いしゅく》している。

「どうした？」

郷力はステップインする振りをした。

と、相手は身を翻《ひるがえ》した。逃げ足は、信じられないほど速《はや》かった。瞬《また》く間に、後ろ姿は見えなくなった。

時間を無駄にしたくない。郷力はベルトの下からグロック17を引き抜き、スライドを引いた。初弾が薬室に送られる。

「撃たれたくなかったら、路上に腹這《ば》いになれ！」

郷力は銃口を三人のアフリカ人に向けた。

男たちは顔を見合わせ、路面に俯《うつぶ》せになった。ほぼ横一列に並んでいる。

郷力は三人の頭上を飛び越え、全速力で疾駆《しっく》しはじめた。レンタカーは、新宿区役所の裏手の立体駐車場に預けてある。

その立体駐車場まで走り、クラウンに乗り込む。料金を払うと、郷力はすぐさま四谷に向かった。

『四谷アビタシオン』を探し当てたのは、およそ二十分後だった。

磁器タイル張りの八階建てのマンションだったが、出入口はオートロック・システムにはなっていなかった。常駐の管理人の姿も見当たらない。

郷力は集合郵便受けに歩み寄った。

六〇七号室のメールボックスには、堀内という名札があった。エレベーターで六階に上がる。

郷力は六〇七号室の玄関ドアに耳を密着させた。

かすかにテレビの音声が響いてくる。部屋の主は在宅しているようだ。

郷力は玄関ドアを無言で四、五回、強く蹴った。ドア・フレームの横にへばりつく。

少し待つと、ドア越しにスリッパの音が聞こえた。

「誰なんだよ？」

「……………」

郷力は口を結んだままだった。

ややあって、ドアが勢いよく開けられた。郷力は六〇七号室に躍《おど》り込み、堀内和人を突き飛ばした。

美青年は玄関マットの上に尻《しり》から落ちた。白いプリントTシャツの下は、オリーブグリーンのチノクロスパンツだった。室内は冷房が効いている。

「押し込み強盗だなっ」

ホストが先に口を切った。

「翔太を幼稚園から連れ去ったのは、おまえなんじゃないのか？」

「なんの話なんだ⁉」

「ま、いいさ」

郷力は右足を高く浮かせ、そのまま靴の踵《かかと》を美青年の頭頂部に落とした。踵落としは、きれいに極《き》まった。骨が鳴った。

堀内が横に転がった。

郷力はしゃがむなり、堀内の片方のソックスを脱がせた。綿のソックスだった。それを堀内の口の中に突っ込み、顎《あご》の関節を外す。

堀内がくぐもった唸《うな》り声を発しながら、転げ回った。じきに涎《よだれ》を垂らしはじめた。

郷力は堀内の腰を蹴って、奥に進んだ。靴は脱がなかった。

間取りは１ＬＤＫだった。友季の息子はどこにもいない。どこかで殺害してしまったのか。不吉な予感が鳥影《ちょうえい》のように胸中を掠《かす》めた。

郷力は禍々《まがまが》しい思いを追い払い、玄関ホールに引き返した。

部屋の主を摑《つか》み起こし、口の中のソックスを引っ張り出す。靴下は唾液《だえき》に塗《まみ》れ、べとついていた。堀内が尻を使って後ずさった。恐怖で、いまにも眼球が零《こぼ》れそうだ。

「もう一度、訊《き》くぞ。瀬戸翔太を誘拐しなかったか？」

「………」

「拉致したんだったら、うなずけ！」

郷力は命じた。

堀内が少しためらってから、大きくうなずいた。郷力は、堀内の顎の関節を元に戻した。美青年が太く息を吐いた。それでも、肩が上下に弾んでいる。

「上客の新津瑠美を喜ばせたくて、翔太のことを事前に調べてから、犯行に及んだんだな？」

「おたく、警察の人？」

「違う」

「なら、喋っちゃう。ぼく、瑠美さんに頼まれて、翔太って坊やを『八雲保育所』のトイレから拉致したんだよ。事前に瑠美さんから坊やの写真を手渡され、保育所や自宅マンションのことを教わってたんだ」

「あの女狐《めぎつね》め！」

郷力は苦笑した。

「ぼく、気が進まなかったんだ。幼児誘拐の罪は重いからね。でも、瑠美さんが協力してくれたら、独立資金の一億円をくれるって約束してくれたんで、彼女のご主人の隠し子を拉致したんだよ」

「翔太の殺害まで頼まれたのか？」

「そこまでは頼まれなかったよ。瑠美さんが自分の手で坊やを始末すると言ってた」

「そうか。翔太は、もう新津瑠美に引き渡したんだな？」

「いや、引き渡すことはできなくなってしまったんだ」

「どういうことなんだ？　ちゃんと説明しろ」

「翔太って子を車に乗せて、四谷に戻ってきたんだよ。でも、マンションの駐車場で黒いフェイスキャップを被った男に坊やを横奪《よこど》りされちゃったんだ」

「もっと上手に嘘をつけや」

「作り話なんかじゃない。ぼくは、バールのような鈍器で不意に後頭部を殴打されたんだ。痛みに耐えられなくなって、思わず屈《かが》み込んでしまったんだよ」

「その隙《すき》に黒覆面の男に翔太を連れ去られたのか？」

「そうだよ。この傷痕《きずあと》を見れば、ぼくの話を信じてもらえると思う」

堀内がそう言い、体を捻《ひね》った。

後頭部には大きな瘤《こぶ》があった。小さな切り傷には血糊《ちのり》がこびりついていた。痂《かさぶた》になりかけている。

「瘤の位置をよく見てくれよ。自分で殴ったんだとしたら、違う形の瘤ができるはずでしょ？」

「確かに、そうだな。翔太を横奪りした奴のことをもっと具体的に教えてくれ」

「そう言われても、あっという間の出来事だったからな。それに襲撃者は黒ずくめの恰好《かっこう》をして、顔をフェイスキャップで隠してたからね」

「暴漢はひとりだったのか？」

「マンションの駐車場にいたのは、フェイスキャップの男だけだったよ。そいつは坊やを横抱きにして、駐車場のスロープを駆け上がっていったんだ」

「おそらく、マンションの近くで仲間の車が待機してたんだろう」

「そうなんだろうね」

「フェイスキャップの男は、何か言わなかったのか？」

郷力は訊いた。

「終始、無言だったよ」

「年恰好《としかっこう》は？」

「断定はできないけど、三十代の前半だろうね。落ち着き払ってたから、二十代じゃないだろうな。だけど、動作は割にきびきびしてたよ。それで、三十代の前半なんじゃないかと思ったんだ」

「新津瑠美は旦那がホスピスに入院してることをいいことに派手に浮気をしてるようだが、翔太を横奪りした犯人に思い当たる奴はいないか？」

「思い当たる男はいませんね。横奪りした奴は、瑠美さんとは関わりがないんじゃないかな。だって、彼女はこのぼくに亭主の愛人が産んだ子供を拉致してくれって頼んだんですよ」

「そうだが、瑠美はそっちに一億円の独立資金を渡すことが惜《お》しくなったのかもしれないじゃないか」

「あっ、そうか。それで、ぼくから別の奴に翔太という子を横奪りさせた可能性もあるな。そいつには一千万程度の謝礼をやれば、九千万円が浮く勘定になる」

「そうだな」

「だとしたら、ぼくは瑠美さんにうまく利用されたことになるわけだ。店で気前よく金を遣《つか》ってくれてるんで、彼女を女王さまのように扱ってきたけど……」

「セックスのときは、マゾ役を引き受けてたようだな？」

「なんでもお見通しなんだな。まいったなあ」

堀内が頭に手をやった。

「犬の真似までさせられたんだろ？」

「ええ、まあ」

「頭にきたんなら、彼女をさんざん嬲《なぶ》って股を引き裂《さ》いてやれよ」

「過激なことを言いますね。でも、ちょっと面白そうだな。だけど、ぼくよりもひと回りも年上なんですよね。怒らせると、何かと損するでしょ？　だから、彼女の玩具になってきたけど、いつかは下剋上《げこくじょう》の歓《よろこ》びを味わいたいと密《ひそ》かに思ってたんです」

「だったら、高慢なサド女を好きなだけいじめ抜いて、自尊心を踏みにじってやれ。金や権力に擦《す》り寄ってばかりいたら、男が廃《すた》るぜ。ホストの中にも、一本筋《すじ》の通った漢《おとこ》がいることを見せてやれよ」

「そうするかな」

「そこまでやれば、そっちの株は上がるだろう。ホストの帝王になれるかもしれないぜ」

「そうですかね？」

「ま、頑張るんだな」

郷力は堀内の部屋を出た。

レンタカーに乗り込み、成城の新津邸に急ぐ。三十分そこそこで瑠美の自宅に着いたが、門灯は点いていなかった。家の中は真っ暗だ。

社長夫人は外出しているにちがいない。どこかで、翔太を殺す気でいるのか。あるいは、すでに友季の愛息を永遠に眠らせてしまったのだろうか。

郷力は携帯電話を懐から取り出し、友季に連絡を取った。

「翔太君を保育所の手洗いから連れ去った犯人は突きとめた。しかし、そいつは正体不明の男に翔太君を横奪りされてしまったようなんだよ」

「できるだけ詳しく教えて」

友季が涙で声を詰まらせた。郷力は事の経過をつぶさに伝えた。

「彼の奥さんが翔太を人影のない場所で殺す気なのかもしれないのね？」

「その疑いはゼロとは言えないだろう」

「翔太がこの世からいなくなったら、わたし、生きていけないわ」

友季が泣き叫んだ。悲痛な声だった。

「きみの自宅に行く」

郷力は電話を切り、あたふたとレンタカーの運転席に坐った。

4

窓の外が明るみはじめた。

郷力は友季の自宅マンションにいた。二人とも一睡《いっすい》もしていなかった。

「このままじゃ、翔太がかわいそうだわ。危険な賭《か》けかもしれないけど、やっぱり警察の力を借りたほうがいい気がするの」

友季が長い沈黙を破った。心労で、痛々しいほどやつれ果てていた。

「確かに危険な賭けだな。堀内ってホストから翔太君を横奪りした奴は、きみが警察に救いを求めたことを知ったら……」

「翔太を殺すかもしれないでしょ？」

「考えられないことじゃないね」

「だけど、相手は四歳なのよ。そこまでやるかしら？」

「幼い子を平気で引っさらうような男なんだ。捜査の手が自分に迫ってきたら、足手まといになる人質を始末して逃亡する気になるだろう。それ以前に新津瑠美の手に翔太君が渡ってないことを祈りたいな」

「最悪の場合は、もう翔太はどこかで殺されてるのかもしれないのね。ああ、どうしよう⁉」

「落ち着くんだ。これといった根拠があるわけじゃないが、おれは翔太君はまだ無事だと思う。元刑事の勘だよ」

「そうだといいけど」

「瑠美が翔太君の存在を疎《うと》ましく感じてることは間違いないだろう。しかし、人間ひとりの命を奪うにはそれなりの覚悟がいるもんだ。瑠美はわがままな性格だが、根っからの犯罪者じゃない」

「ええ、それはね」

「ためらいもなく人殺しなんかできないはずだ」

郷力は言って、冷めた緑茶を啜《すす》った。

「彼の奥さんは何度もためらって、結局は翔太を殺すことはできないかもしれないわね。でも、堀内というホストから翔太を横奪りした男なら、翔太をあっさり殺してしまうんじゃないかしら？　報酬がよければね」

「いや、それはないだろう。瑠美が黒幕だとしたら、彼女は自分の手で翔太君を始末したがるにちがいないよ。ただ命を奪いたいと考えてたんなら、わざわざ翔太君を拉致させたりしないはずさ」

「そうね、確かに。誰かに翔太を殺させてもよかったわけだから」

「ああ。おそらく瑠美は自分自身で翔太君を抹殺したかったんだろうが、まだ実行できないでいるんだと思う」

「そうだとしたら、警察の協力を仰《あお》ぐことはもう少し待ったほうがいいのかしら？」

「その判断は難しいな。瑠美は当分、自宅には寄りつかないだろう」

「彼女、翔太を箱根の別荘に監禁してるんじゃない？　ホテルや旅館にチェックインしたら、フロントで翔太が救いを求めるかもしれないでしょ？」

「そうだな。きみは、その別荘に行ったことがあるのか？」

「一度だけ彼に、新津光明に連れてってもらったことがあるわ。別荘は元箱根《もとはこね》にあるの。芦ノ湖《あしのこ》の近くによ」

「よし、そこに案内してくれ。おれのレンタカーで箱根に行こう」

「すぐに仕度をするわ」

友季が椅子《いす》から立ち上がり、自分の部屋に走り入った。

郷力は煙草を吹かしはじめた。さすがに頭が重い。しかし、眠気はほとんど感じなかった。

十分ほど経《た》ってから、郷力たちは『八雲パールハイツ』の一〇五号室を出た。

クラウンの助手席に友季を坐らせ、箱根に向かう。午前五時四十分過ぎだった。

東名高速道路の厚木IC《インターチェンジ》から小田原厚木道路をたどって、箱根湯本から箱根新道を進む。元箱根は芦ノ湖の南岸で、観光拠点である。箱根桟橋から五百メートルほど離れた場所に徳川幕府三百年の安穏《あんのん》を守った箱根関所跡があり、杉並木、箱根神社、旧街道石畳など旧跡が多い。

「別荘は、元箱根のどのあたりにあるんだい？」

郷力はステアリングを捌《さば》きながら、助手席の友季に問いかけた。車は屏風山《びょうぶやま》の裾野《すその》に差しかかっていた。

「箱根神社の少し手前の林道を右に入って七、八百メートル行ったあたりにあるの。アルペンロッジ風の造りの別荘よ」

「おおよその場所はわかった。箱根には何度も来てるからな、子供のころから」

「わたしも箱根は馴染《なじ》み深い場所だわ。家族旅行でも来たし、学生時代の友人とも遊びに来たしね」

「そう」

「こんなことになるんだったら、翔太と強羅《ごうら》温泉か小涌谷《こわくだに》温泉に遊びに来ればよかったわ」

友季が語尾《ごび》を湿らせた。

「これから何度でも来られるさ」

「でも……」

「翔太君は、きっと無事だよ」

「それを祈らずにはいられないわ」

「心配ないって」

郷力はカーブを曲がり、湖岸道路にレンタカーを乗り入れた。

箱根公園と杉木立《すぎこだち》の間を抜け、元箱根中央のバス停留所の数百メートル先を右に折れる。林道は、宮ノ下《みやのした》方面に抜ける通りと繋がっているようだ。

まだ午前七時を回ったばかりである。

人影はまったく見当たらない。両側に拡《ひろ》がる林もひっそりとしている。樹々《きぎ》の葉がかすかに揺れていた。

ほどなく別荘らしい建物が左手に見えてきた。しかし、ドーム型の斬新《ざんしん》なデザインだった。目的の山荘ではないようだ。

「もっと先よ。右側にあるの」

友季が告げた。緊張した顔つきだった。

郷力はアクセルを踏み込んだ。タイヤが砂利を噛む音がひとしきり聞こえた。

「あそこよ」

友季が前方の右手を指さした。

二階建ての山荘が見えた。郷力はクラウンを林道の端に寄せた。

「きみは車の中で待っててくれ」

「わたしも一緒に行くわ」

「そいつは危険だ。別荘の中に、翔太君を横奪りした奴がいるかもしれないからな」

「でも、じっとしていられないわ」

友季が言った。

「気持ちはわかるが、やっぱり危険だな。すぐに戻ってくるよ、とりあえず様子を見に行くだけだから」

「わかったわ。あなたの足手まといになってもいけないから、わたし、車の中で待ってる」

「そうしてくれ」

郷力は静かにレンタカーを降り、中腰で新津家のセカンドハウスに接近した。

敷地は四百坪前後だろう。庭の一部には自然林が取り込まれ、なかなか趣《おもむき》がある。

門柱は自然石が積み上げられ、左右の大きさが微妙に異《こと》なる。計算された演出にちがいない。アルペンロッジ風の建物の外壁はコーヒーブラウンで、ところどころ白壁が配されている。そのアクセントが全体の印象を引き締めていた。

郷力は丸太の柵《さく》を跨《また》ぎ、庭の中に忍び込んだ。

下草は朝露《あさつゆ》をたっぷりと宿している。チノクロスパンツの裾《すそ》がたちまち濡《ぬ》れた。

郷力は庭木の間から車寄せを見た。

真紅のポルシェが駐《と》めてある。新津瑠美の車だ。

やはり、思った通りだった。翔太は別荘の一室に閉じ込められているのだろう。堀内から翔太を横奪りした男が見張り役をこなしているにちがいない。

郷力はそう思いながらも、一抹の不安があった。瑠美は自分の力で翔太を殺すことができなかったので、拉致犯に始末を任せたのではないか。そうだとしたら、もはや手遅れだ。

郷力は胸の不安を捩伏《ねじふ》せ、ベルトの下からオーストリア製の拳銃を引き抜いた。弾倉には、六発の九ミリ弾が収まっている。郷力はスライドを滑らせ、初弾を薬室に送り込んだ。グロック17をベルトの下に差し入れ、姿勢を低くしてサンデッキに走り寄る。

郷力は短い階段を上がって、サンデッキに立った。

少し間《ま》を取ってから、大広間《サロン》に接近する。

郷力は白いレースのカーテン越しに、サロンを覗き込んだ。瑠美が深々としたリビングソファに腰かけ、何か考え込んでいた。

翔太を第三者に殺害させたことを後悔しているのか。社長夫人のほかには誰もいなかった。まだ翔太が殺されたと決まったわけではない。人質の救出を最優先させるべきだろう。

郷力は足音を殺しながら、サンデッキから降りた。

建物に沿って歩き、外壁や羽目板に耳を押し当てる。人のいる気配は伝わってこない。

郷力は、ふたたび不吉な予感を覚えた。黒いフェイスキャップを被っていた男はすでに翔太を殺害し、その遺体をどこかに遺棄《いき》しに行ったのではないか。

郷力はサンデッキに駆け戻って、ガラス戸を爪で引っ搔《ひか》いた。ガラスが耳障《ざわ》りな音をたてた。

外壁に身を寄せたとき、大広間のガラス戸が開けられた。郷力はレースのカーテンを横に払って、サロンに足を踏み入れた。

「あ、あなたは……」

瑠美が口に手を当て、後ずさった。

「役者だな、あんたも」

「なんのことなの？」

「ホストの徳大寺聖人こと堀内和人がそっちに頼まれて、翔太を『八雲保育所』のトイレから拉致したことを認めたぜ」

「え⁉」

「歌舞伎町の『ホワイトナイト』で堀内の自宅マンションを教えてもらって、ちょっと痛めつけたんだよ。そうしたら、あんたのお気に入りのペットは白状した」

「弱っちい子ね」

「あんたは、いずれ堀内に翔太を連れ去らせたことがおれにバレると思って、次の手を打つ気になったんだろう？」

「次の手って？」

「堀内から翔太を黒覆面の男に横奪りさせたのは、あんただよなっ」

郷力は声を張った。

「黒覆面の男って、誰のことなの？」

「しぶといな。例の恥ずかしい画像をネットで一般公開してもいいってことか」

「別段、開き直ったわけじゃないわ。きのうの夜、聖人から電話があって、拉致してもらった瀬戸友季の息子を誰かにマンションの駐車場で横奪りされたって話は聞いてたわよ。でも、わたしが黒覆面の男を雇って横奪りさせたわけじゃないわ」

瑠美が憤《いきどお》ろしげに言った。

郷力は瑠美の顔を直視した。瑠美は目を逸《そ》らさなかった。郷力は刑事時代に数多くの犯罪者と接した。人間は疚《やま》しさがあると、どうしても目が落ち着かなくなる。気弱な者は、対峙《たいじ》する相手とまともに視線を合わせようとしない。強《したた》かな前科者は逆に相手を正視しつづける。どちらも不自然であることに変わりはない。

瑠美が何かを糊塗《こと》しようと企《たくら》んでいる様子はうかがえなかった。

「わたしが覆面を被った男に翔太って夫の隠し子を横奪りさせたんだと疑ってるんだったら、家捜《やさが》しすればいいいわ」

「そうさせてもらおう」

郷力は瑠美の片腕を摑んで、大広間を出た。

階下には、キッチンや食堂のほかに二室あった。どこも無人だった。

郷力は瑠美を二階に押し上げた。五つの寝室を検《しら》べてみたが、徒労に終わった。

階下に戻り、地下のワイン貯蔵庫にも入ってみる。だが、そこにも誰もいなかった。

「わたしの言葉を信じてくれた？」

瑠美が勝ち誇ったような表情で言った。

「まあな。ホストに翔太を誘拐させたことがわかると、おれに何かされると思って、しばらく別荘に身を潜《ひそ》める気になったわけか？」

「ええ、そうよ」

「堀内が翔太を横奪りされなかったら、自分の手で夫の隠し子を殺すつもりでいたんだな？」

「ええ。だけど、実際に翔太って子を殺害できたかどうか。相手が子供でも、犬や猫じゃないわけだから、多分、実行はできなかったでしょうね」

「だろうな」

「瀬戸翔太を横奪りした男は、いったい何を考えてるんだろう？　母親はシングルマザーなんだから、営利目的の誘拐とは考えにくいわよね。あっ、新津は翔太って子を自分の息子だと認知してるわけだから、父親から身代金を奪うことはできるわ」

「そうだな。会社の社員たちは、あんたの旦那に隠し子がいることを知ってるのか？」

「誰も知らないと思うけど、もしかしたら、片腕の専務あたりには新津は打ち明けたかもしれないわね」

「その専務の名は？」

「石堂賢太郎《いしどうけんたろう》という名で、五十二歳だったと思うわ。高卒なんだけど、営業能力は群を抜いてるんだって。それで、新津は石堂さんを五、六年前に専務にしたのよ」

「石堂専務の年俸は？」

「よくわからないけど、三千万円前後なんじゃないかしらね」

「専務の家族構成は？」

「奥さん、それから大学生の息子と高校生の娘がいるはずよ」

「持ち家に住んでるのか？」

「ええ。久我山《くがやま》の分譲マンションが自宅よ。間取りは４ＬＤＫだったと思うわ」

「専務が、あんたの旦那と何かで対立したことは？」

郷力は矢継《やつ》ぎ早に訊いた。

「そういうことは一度もないと思うわ。石堂さんは自分に目をかけてくれた新津にとても恩義を感じてるようだから、反旗を翻《ひるがえ》すような真似は絶対にしないわよ」

「しかし、社長よりも十歳も年上なんだから、時には言いなりになってる自分を腑甲斐《ふがい》ないと思ったりするんじゃないか。どんな男にもオスの闘争本能はあるからな」

「それはあるでしょうけど、石堂専務はちゃんと分を弁《わきま》えてるみたいよ。つまり、自分はトップに立って人を束《たば》ねる器《うつわ》じゃないとご存じみたいなの」

「だから、社長の座を狙ったり、独立して新会社を興《おこ》したいというような野望は懐《いだ》かないだろうってことだな？」

「ええ」

「旦那の親友の笠原敬之はどうだ？」

「えっ⁉」

「笠原は親しい友人の妻をこっそり寝盗《ねと》ったんだから、けっこう腹黒い男なんだろう。それから、損保代理店の経営も楽じゃなさそうだ。現に笠原は、元住吉の消費者金融に借金がある。あんたにも小遣いをせびったことがありそうだな」

「笠原さんはプライドの高い男性だから、わたしにお金を無心したことなんか一度もないわ」

　瑠美が即座に言った。

「目下、のめり込んでる不倫相手の悪口は言いたくないか」

「そんなんじゃないわ。笠原さんは紳士そのものだから、女にたかるようなことはしないのよ」

「親友がホスピスに入院中に、その女房と密会するのはどう考えても、紳士的じゃないだろうが！　しかも夫婦が使ってたベッドで、あんたをよがらせてたんだろうからな」

「露骨な言い方するのね。下品よ」

「おれは紳士じゃないからな、笠原と違って」

「性格が歪《ゆが》んでるわ。ま、いいけど。さすがに笠原さんとホテルで会うのは、ためらいがあったのよ。それで、わたしの家に来てもらうようになったの」

「そうか」

「でも、夫婦の寝室で抱き合ったことは一回もないわ。わたしだって、そこまで無神経じゃないわよ。だから、笠原さんとはいつも二階のゲストルームで……」

「そこまで訊いてないぜ」

「やだ、わたしったら」

「笠原は新津光明にいろんな点で差をつけられてしまったと、コンプレックスを感じてたのかもしれない。だから、親友の女房を口説《くど》く気になったんだろう」

「そうじゃないのよ。わたしが腹いせから、笠原さんを誘惑しちゃったの。たいていの男性なら、据《す》え膳《ぜん》は喰《く》う気になるでしょ？」

「おれは喰わなかったぜ」

「ええ、そうね。だけど、心の中ではわたしを抱きたいと思ってたんじゃない？」

「うぬぼれてるな。それはそうと、笠原が一発逆転を狙って、新津光明の隠し子を犯罪のプロに横奪りさせた可能性もなくはない」

「笠原さんは、そこまで腐ってないわ。彼はわたしを抱くときも、新津に殺されても仕方ないなんて呟く男性《ひと》なのよ」

「口では、いくらでもカッコいいことを言えるもんさ。しかし、笠原は親友を裏切りつづけてきたわけだ」

「夫が悪いのよ。若い愛人が産んだ坊やを実子として認知したから、夫婦仲がおかしくなったんだわ」

「あんたみたいな身勝手な女と暮らしてたら、たいがいの男は不倫に走りたくもなるだろう」

　郷力は瑠美に言い放ち、堂々と玄関から外に出た。

　背後で、瑠美が床を踏み鳴らした。郷力は新津の別荘を出ると、レンタカーに駆け寄った。助手席に坐った友季は、いまにも泣きだしそうな顔をしていた。

「何があったんだ？」

　郷力は早口で訊いた。

「数分前に翔太を横奪りした犯人から、わたしの携帯に電話がかかってきたの。公衆電話とディスプレイに表示されてたわ。それから、犯人はボイス・チェンジャーを使ってるようだったの。声がとっても不明瞭《ふめいりょう》だったのよ」

「それで、翔太君は？」

「無事だったわ。誘拐犯のそばにいて、少し話をすることができたの。翔太は意外にも元気そうだったわ。それに、それほど怯《おび》えてる様子はなかったわね。わたし、ひとまず安心したわ」

「で、電話をかけてきた男は何か要求したのか？」

「現金で一億円の身代金を用意しておけって言われたの。身代金を受け取ったら、人質は無傷で解放してやると約束してくれたんだけど、そんな大金はとても工面《くめん》できないわ」

「百万や二百万なら、おれが都合してやれるんだが、一億円の身代金となると無理だな」

「わたし、恥を忍んで日野のホスピスに入院してる彼に……」

「翔太君の父親に相談してみるのか」

「死期の迫ってる彼に迷惑かけたくないけど、一億円を調達できそうな人は、新津のほかにはいないもの」

友季が涙声で言った。

「そうだろうな。ところで、犯人はいつまでに身代金を用意しろと言ったんだい？」

「明日の夕方までに準備しておけって。受け渡し方法や場所は、明日の午後に電話で指示するって言ってたわ」

「そうか。とにかく、いったん東京に戻ろう」

郷力は友季の肩をぎゅっと抱き、イグニッションキーを捻《ひね》った。

第三章　身代金要求の罠

1

車のエンジンを切る。

日野市内にあるホスピスや駐車場だ。郷力はフロントガラス越しにホスピスの建物を見た。

一般の病院と違って、リゾートホテルのような造りだった。外壁や窓枠はパステルカラーだ。死期の近い入院患者たちの気分を少しでも明るくしてあげたいという配慮だろう。

助手席の友季は、シートベルトを外そうとしない。一点を見つめて、何か思い悩んでいる風情《ふぜい》だった。

郷力たちは元箱根から、ここに来たのだ。途中でドライブインに立ち寄ったが、まだ時刻は午前十一時を過ぎたばかりである。

「面会時間が早過ぎるのか？」

郷力は友季に話しかけた。

「ううん、そういうことじゃないの。このホスピスには面会時間に制限は設けられてないんだって。なんとなく気後《きおく》れしてるのは、自分があまりに身勝手だと思えてきたからなの」

「身勝手？」

「ええ。わたしは自分の気持ちを優先して、新津光明の子を強引に産んだ。彼は反対こそしなかったけど、内心は迷惑だったかもしれないでしょ？」

「そんなことはないと思うがな」

「迷惑じゃなかったにせよ、とても困惑《こんわく》したはずだわ。彼には奥さんがいたわけだから。わたしがシングルマザーになれば、何かと新津は負い目を感じることになるんじゃない？」

「結婚してる男なら、たいてい相手の独身女性に申し訳ないという気持ちになるだろうな」

「そうよね。だから、彼は翔太を実子として認知してくれて母子の生活費を援助したがったんだと思うの」

「だろうな」

「でも、わたしはそれを受け入れなかった。翔太を自分ひとりできちんと育て上げたかったからよ」

「立派な心掛けだね。よっぽどの覚悟がないと、そこまでは……」

「わたし、少し気負《きお》ってたの。女も自立心を保《たも》ちつづけなければいけないと思ってたから。そんなわたしが身代金のことで、また翔太の父親に迷惑をかけようとしてる。そのことで、なんか自己嫌悪に陥《おちい》ってしまったのよ」

友季がうなだれた。

「別に新津氏に生活費を出してくれと頼むわけじゃないんだ。事が事なんだから、翔太君の父親に縋《すが》ることは恥ずべきことじゃないさ」

「だけど、要求された身代金は一億円なのよ。彼は会社の社長であるけど、額が大きすぎるわ」

「そうだろうか。新津氏にとって、一億円はたいした金じゃないんじゃないかな」

「そうかしら？」

「ああ。平均的な勤め人には大金も大金だが、多分、一千万程度の感覚なんだろう。だから、新津氏に甘えてもいいと思うな」

「でもね」

「多分、迷うことなく一億円を出してくれるんじゃないかな。もし新津氏が渋るようだったら、おれが金策に駆けずり回る。身代金の全額を都合することは難しいだろうが、四千万円前後だったら、なんとか工面できそうだ」

郷力は言った。本気だった。

「恭輔さんにそんなことはさせられないわ。わたし、迷いをふっ切って、相談に行ってくるわ」

「そうか。それじゃ、おれは車の中で待ってるよ」

「ええ、そうして」

友季はシートベルトを解《と》くと、クラウンの助手席から降りた。そのまま彼女はホスピスの表玄関に向かった。

郷力は煙草に火を点けた。

友季の不安をいっぺんに取り除いてやれない非力な自分が呪《のろ》わしかった。せめて一千万円でも調達してあげたい。しかし、貯《たくわ》えは五百万円もなかった。

それはそれとして、友季の迷いもよくわかる。彼女は時々、新津とは電話で話をしていると言っていた。しかし、直《じか》に会うのは久しぶりのはずだ。

どんな顔で身代金の相談をするのか。さぞ切り出しにくいにちがいない。しかし、ためらっている場合ではないだろう。

友季が戻ってきたのは、十数分後だった。

彼女の表情は明るい。新津光明は一億円の身代金を用意することを快諾《かいだく》したのだろう。

「うまく事が運んだようだな?」

「ええ。明日の午前中には、石堂専務に一億円をわたしの自宅に届けさせると約束してくれたの」

「それはよかった」

「わたしね、あなたのことを彼に話したのよ。今回の件で、最初っから恭輔さんに世話になったってことをね」

「おれは何も役に立つことはしてない。むしろ、逆にヘマをしてる」

「ううん、そんなことない。それでね、彼が恭輔さんに今後のことをお願いしたいんで、病室まで連れてきてほしいと言ってるの」

「そうなのか。まいったな」

郷力は微苦笑した。友季に子供まで産みたいと思わせた男性と顔を合わせることには、さすがに抵抗があった。いわば、新津は恋仇である。

会えば、ジェラシーめいた感情を覚えるだろう。相手の反応によっては、嫌悪さえ感じるかもしれない。そんな姿を友季には見られたくなかった。男の見栄だろうか。

「あなたのことは、何度も彼に話してるの。だから、会ったこともないのに恭輔さんには親しみを感じてるみたいなのよ」

「大人なんだな、新津氏は」

「ええ、そうね。わたしが恭輔さんに夢中だったことを話しても、嫉妬《しっと》心を露《あらわ》にしたことなんか一度もなかったわ。それどころか、あなたとやり直したほうが幸せになれるかもしれないなんて言ったりしたのよ」

「たいした人物だな。それだけの包容力《ほうようりょく》があるから、友季がのめり込んじゃったんだろうな」

「わたし、どう答えればいいのかしら？」

「何も言わなくてもいいさ。しかし、新津氏に会うのはちょっと……」

「彼の命は間もなく燃え尽きようとしてるのよ。抵抗があることはわかるけど、ほんの数分でもいいから、会ってあげてほしいの。恭輔さん、お願いよ！」

友季が真剣な眼差《まなざ》しで言い、両手を合わせた。

「わかった。翔太君の親父さんに会おう」

「ありがとう」

「友季の頼みじゃ断れないからな」

郷力はレンタカーの運転席から出て、友季とホスピスの出入口に足を向けた。

ホスピスの花壇には、夏の花々が咲き誇っていた。かつて見たこともない大きな向日葵《ひまわり》の花が数十輪も微風に揺れている。

空は抜けるように青い。今年は例年よりも早く梅雨が明けるのかもしれない。

二人はエントランスロビーに入った。

広くて清潔だった。エレベーターで最上階の五階に上がる。ナースステーションは一般病院よりも小さかった。看護師たちの数も少ない。

どのホスピスも、患者の延命治療よりも痛みの緩和《かんわ》に力を注《そそ》いでいる。末期癌患者が激痛を訴える前にモルヒネが投与されることが多い。患者の立場を考えたケアである。

一般病院は患者の延命を第一に考え、抗癌剤治療をとことん施《ほどこ》す。

痛み止めの薬は、あまり使いたがらない。そのことによって、末期癌患者たちは最《さい》期《ご》まで激痛に悩まされるわけだ。

死生観は、人それぞれに異《こと》なる。一般病院の治療を受け入れる者がいてもいい。しかし、郷力はホスピスのケアのほうが人間的だと感じていた。自分が治る見込みのない難病に罹《かか》ったら、ホスピスの世話になることを願っている。

友季が立ち止まった。奥の病室の前だった。

郷力は友季につづいて、病室に入った。窓が大きく、室内は明るい。

病室というよりも、まるでホテルの一室だ。ベッドのほかに、応接セット、大型テレビ、冷蔵庫、ＣＤコンポなどが置かれている。もちろん、バスやトイレもあった。

新津は窓辺の安楽椅子に腰かけていた。

パジャマ姿ではない。紺のポロシャツを着ていた。下はライトグレイのスラックスだった。知的な風貌《ふうぼう》で、上背もありそうだ。

「郷力さんよ」

友季が新津に声をかけた。新津がすぐに立ち上がって、笑顔で名乗った。やはり、長身だった。

「どうぞ椅子にお掛けになっててください」

郷力は自己紹介してから、新津を労《いたわ》った。

「大丈夫です。モルヒネを切れ目なく使ってもらってるんで、痛みはまったく感じないんですよ。自分が病人だってことをつい忘れてしまいそうになります」

「しかし、無理をなさると……」

「郷力さんは想像通りの方だった。あなたのことは友季、いいえ、瀬戸さんから聞いてたんで、なんだか初対面という気がしません」

「そうですか」

「あちらで話をしましょう」

新津がソファセットを手で示し、先に歩み寄った。

郷力と友季は、新津と向かい合った。二人は並ぶ形だった。

「息子、翔太のことで何かとお世話になったそうですね。お礼申し上げます」

新津が郷力に謝意を表した。

「いいえ、力になれなくて申し訳なく思ってます」

「元刑事さんが味方になってくれてるんだから、心強いですよ。健康なら、わたしが誘拐犯と対峙《たいじ》するんですが、こんな状態なので、何もしてやれません」

「仕方ないですよ」

「その代わりといっては何ですが、身代金の一億円は必ず明日の午前中には会社の専務に届けさせます。翔太を救い出すためなら、全財産を失ってもかまいません。犯人が追加要求してきたら、すぐ教えてくださいね」

「お気持ちはわかりますが、犯人側の言いなりになる必要はないと思います」

「しかし、下手に怒らせたら、息子は危害を加えられるかもしれません。赤ん坊のときに遠目《とおめ》で翔太を見ただけですが、大事なひとり息子なんです。どんな屈辱にも堪《た》えて、なんとか取り戻したいんですよ」

「そのお気持ちはよく理解できますが、こちらもある程度の虚勢は張るべきでしょう。弱腰になってると、犯人側に舐《な》められてしまいますからね」

「そうなんでしょうが……」

「翔太君におかしなことはさせません」

「郷力さん、どうか瀬戸さんの力になってやってください」

「わかりました。力を尽《つ》くします。それはそうと、取引上で何かトラブルになったことは？」

「取引会社と揉《も》めたことは一度もありません。すべてのビジネスについて言えることだと思いますが、商売はお客さま方が支えてくれているんです。ですから、大小にかかわらず取引先をずっと大事にしてきたつもりです」

「退社した社員に新津さんが逆恨《さかうら》みされたなんてことは？」

郷力は単刀直入に訊《き》いた。

「そういうことも思い当たりませんね」

「新津さんのお人柄なら、他人に逆恨みされることはないんだろうな。こっちは、よく逆恨みされてしまうんです」

「あなたが⁉　意外ですね」

「もともと口数が多くない上に素《そ》っ気《け》ない喋り方をするんで、他人に誤解されやすいんですよ。それに、ちょっと短気ですんでね」

「郷力さんは言い訳が嫌いなのよ」

友季が口を挟《はさ》んだ。

「男らしくていいじゃないか」

「そうね。でも、言葉が足りない場合もあるから、物事を曲解《きょっかい》されてしまうこともあると思うの」

「なんだか真に迫った言葉だね。きみは、郷力さんの真意を汲《く》み取れなかったことがあるみたいだな」

「ええ、あるわ。だから、わたしたち……」

「すまない。少し深く立ち入りすぎてしまったようだ」

新津がばつ悪げに言って、口を閉じた。友季も悔やむ顔つきになった。うっかり不用意なことを口走ってしまったのだろう。

郷力は別に不快な気分にはならなかった。それどころか、ささいな行き違いが別離を招いたことを確認できた。そのことで、友季との距離が少しだけ縮まったような気がした。

「いったい誰が翔太を連れ去ったんだろうか」

新津が郷力に顔を向けてきた。

「こんなことを申し上げるつもりはなかったんですが、わたし、最初はあなたの奥さんを疑ったんですよ」

「瑠美をですか⁉」

「ええ。調査の結果、奥さんが子供を産めない体であることを知ったんです。それから瑠美さんは、あなたが翔太君を実子として認知してることもご存じだった」

「妻は探偵社を使って、わたしの素行を調べたんですよ。それで瀬戸さんとの関係、それから翔太のことも知ってしまったんです。わたしは、けじめをつけようとしました。しかし、瑠美は頑《がん》として離婚話には応じてくれませんでした」

「そうみたいですね」

「夫婦仲は瀬戸さんと知り合う前から悪かったんです。妻はわたしに未練があったということではなく、女の意地で妻の座に居坐りつづけたかったんでしょう。それから、わたしには多少の財産があります」

「不謹慎ですが、奥さんは夫の遺産にも未練があったんでしょうね？」

「ええ、そうだと思います。考えてみれば、瑠美もかわいそうな女です」

「なぜ、そう思われるんです？」

「彼女は、子供を産めない自分は妻として失格だと思ってる節《ふし》があるんですよ。しかし、それを認めることは癪《しゃく》だとも感じてるようなんです。だから、ホストクラブに通って、憂《う》さを晴らしてるんでしょう。年下の男たちといくら戯《たわむ》れても、精神的な充足感など得られるわけはありません」

「でしょうね」

「そんなことは、瑠美は百も承知だったんでしょう。しかし、寂しさや虚《むな》しさを束《つか》の間でも忘れたくて、火遊びを重ねてるんだと思います」

「何もかもご存じだったのか」

「わたしには妻を詰《なじ》る資格などありません。既婚者でありながら、瀬戸さんに安らぎを求めたわけですからね」

「話題を変えましょう。学生時代から親しくされてる笠原敬之さんのことを少しうかがわせてください」

　郷力は言った。

「まさか笠原が誘拐事件に関与してると疑ってらっしゃるわけではないですよね？」

「そういうわけじゃないんですよ。刑事時代の名残《なごり》で、事件被害者の周辺の人間を一応疑ってみる癖がついてしまったんです。ただ、参考までに笠原さんのことを聞かせてもらうだけですよ」

「そうですか」

「笠原さんはご自宅で損保代理店をやってるようですが、経営状態はどうなんですかね？」

「彼とは月に一回は会って、軽く飲んでました。ですが、お互いに仕事の話はほとんどしなかったんですよ。もっぱら学生時代の思い出話に耽《ふけ》ってたんですが、経営が苦しいというようなことは一度も洩《も》らしたことはなかったな」

「仮に経営が思わしくなくても、若いころから親交のある友人には愚痴めいたことは言わないでしょ？　多くの場合はね」

「ええ、そうでしょうね。親しい友人同士でも男の場合、張り合う気持ちがありますんで」

「実は、笠原さんの暮らし向きをちょっと探《さぐ》らせてもらったんですよ」

「そうだったのか。それで、どうでした？」

「損保代理店の経営は楽じゃないようです。笠原さんは元住吉にある消費者金融に何百万か借金してました」

「それは、まったく知らなかったな。数百万なら、わたしが用立ててやったのに」

「借金することで、笠原さんはあなたに妙な負い目を感じたくなかったんでしょう」

「水臭い奴だな。貧乏学生のころは、よく一つのラーメンや親子丼を半分《はんぶん》こにした仲なのに」

「しかし、社会人になれば、それなりのライバル心が芽生えるもんじゃないのかな。わたしも出世欲はあまりなかったんですが、警察学校で同期の奴が次々に警部補に昇級したときはなんとなく落ち着かなくなりましたからね」

「そうですか」

「リードしてる者は競争心を剥《む》き出しにすることは少ないでしょうね。勝者は、気持ちに余裕がありますから。しかし、リードされた側は焦《あせ》るんじゃないのかな？」

「そうなのかもしれません。お互いに五十歩百歩と思ってた友人が何かで恵まれて優立に立ったら、せめて同じレベルまでは這《は》い上がりたいと考えるでしょうね」

「ええ。それだから、笠原さんは新津さんに生活費の類《たぐい》を貸してくれとは言えなかったんでしょう」

「そうなんだろうな。仮に笠原が経済的に大変だったとしても、友人のわたしを困らせるようなことはしませんよ」

新津が断言した。

郷力は社会的に成功した人物が意外にも家族や友人には無防備であることを知らされ、いささか驚いた。しかし、新津の甘さをせせら笑う気にはなれなかった。

遣《や》り手の事業家にも、そうした人間臭い面があることは救いでもあった。なりふりかまわずに利潤《りじゅん》だけを追い求める経営者には何も魅力がない。

それにしても、脇が甘い気もした。新津は、親友の笠原が自分の妻を寝盗《ねと》ったとは夢想だにしていないのだろう。親しい友人が自分の遺産を狙っているかもしれないとも疑ったことはないにちがいない。

「笠原は世渡りが上手なほうではありませんが、真っ当な生き方をしてる男です。彼は、母親だけに育てられてる翔太のことをいつも気にかけてくれてたんですよ」

「そうですか」

「そういう心優しい奴が身代金欲しさに翔太を拉致したなんてことは、絶対にありませんよ」

「でしょうね。なんだか不愉快な思いをさせてしまったな。勘弁してください」

「いや、気にしないでください」

「あなたの周辺に疑わしい人物はいないんですね？」

「ええ、いません。石堂専務は十歳も年上ですが、わたしを心からサポートしてくれてますし、ほかの社員たちも信頼できる連中ばかりです」

「そうですか。それでは、身代金の件をよろしくお願いします」

「承知しました」

「車の中で待ってるよ」

郷力は友季に耳打ちして、ソファから腰を浮かせた。

蓋《ふた》が開けられた。

サムソナイト製の薄茶のキャリーケースの中には、札束がびっしりと詰まっていた。

思わず郷力は、驚きの声を洩《も》らしそうになった。

2

友季の自宅マンションのリビングである。日野市のホスピスを訪ねた翌日の午前十一時過ぎだ。

「間違いなく一億円入っています」

石堂専務が友季に言った。

「ご苦労さまです」

「一万円札のナンバーは控えてないことを犯人側に伝えたほうがいいでしょうね。誘拐犯は、ナンバーから足がつくことを警戒してるでしょうから」

「はい、そうします」

「一千万円分の重さは約一キロです。一億円ですから、札束だけで十キロほどの重さになります。それにキャリーケースの重さも加わるんで、女性には運びにくいかもしれませんね」

「でも、キャスター付きですから、わたしでも運べるでしょう。彼に、新津社長に都合《つごう》をつけてもらった一億円は確かに受け取ったとお伝えください」

「承知しました。それにしても、ご子息のことが心配ですね？」

「ええ。身代金を受け取るまでは犯人も翔太に危害を加えることはないと思うんですけど、その後のことを考えると、とても不安です」

「誘拐犯も人の子なんです。まだ四歳の坊やの命を奪うようなことはしないでしょう」

「それを祈らずにはいられません」

友季が充血した目をしばたたかせた。前日、郷力は友季をレンタカーで自宅に送り届けると、ひとまず自分の住まいに戻った。

きょうは、午前九時過ぎに友季の自宅マンションを訪れた。現われた友季は、目の周《まわ》りを黒ずませていた。昨晩はまんじりともしなかったにちがいない。

郷力も当然、翔太の安否《あんぴ》は気がかりだった。それでも昨夜は六時間ほど寝た。翔太が自分の息子だったら、おそらく一睡もできなかっただろう。やはり、血は水よりも濃いようだ。

「犯人から連絡があるまで、少し横になられたほうがいいですね。だいぶお疲れのご様子ですので」

「翔太が必死に恐怖と闘ってると思うと、とても眠れなかったんです」

「そうでしょうね。しかし、少しは眠りませんと、身代金の受け渡しにポカをやってしまう心配もあります。ですから、せめて二、三時間でもベッドに入られたほうがいいと思いますね」

石堂がキャリーケースの蓋を閉め、垂直に立てた。

「そうしたほうがいいよ。おれは車の中にいるから、とにかく仮眠をとったほうがいいな」

郷力は友季に言って、石堂とともに一〇五号室を出た。

レンタカーは『八雲パールハイツ』の真横の路上に駐《と》めてある。その後ろには、石堂専務のシーマが見えた。

「もう犯人の目星はついてるんでしょうか？」

路上で、石堂が問いかけた。温厚そうだが、眼光は鋭い。

「それが残念ながら、まだ……」

「そうですか」

「きのう、ホスピスで新津さんに申し上げたんですが、最初は社長夫人の瑠美さんを疑ってたんですよ。しかし、どうも彼女はシロのようです」

「社長の奥さんが翔太君の存在を苦々しく思っていることは想像つきますが、夫の隠し子を人質に取って一億円の身代金を要求するとは思えません。仮に社長夫人が今度の事件に関わってるとしたら、その狙いは身代金ではなく、翔太君の命ってことになるんではありませんか？」

「そうなんでしょうね」

「社長夫人は少しわがままで、性格の烈《はげ》しい女性です。社長と友季さんとの間にできた翔太君を亡《な》き者にしたいと思ったことはあるかもしれません。しかし、それを実行してしまうほど愚《おろ》かではないでしょう」

「事件が発覚したら、彼女は刑務所送りになって、社会的な信用を失うことになる。当然、夫の新津さんは離婚話を持ち出すでしょう。そうなったら、社長夫人には新津さんの財産は渡らないことになる」

「ええ、そうですね。奥さんは夫の隠し子のことで女のプライドを傷つけられたでしょうが、そこまで冷静さを失わないでしょう」

「新津さんは仕事上で誰かに恨まれるような真似はしてないとおっしゃってたんです

が……」

「その通りです。新津社長はわたしよりも十歳若いんですが、練《ね》れた人間なんですよ。相手の立場や事情を汲《く》み取りながら、どなたにも誠実に接してますから、悪印象を持たれるようなことはないはずです」

「新津さんは、社員たちにも逆恨みをされるようなことはした覚えはないとおっしゃってました」

「そうなんですか」

「なんだか意外そうな口ぶりですね。新津社長は、社員のどなたかとトラブルを起こしたことがあるんですか？」

郷力は訊《き》いた。石堂が唸《うな》って、当惑顔になった。

「石堂専務、話してもらえませんかね。あなたに決して迷惑はかけません」

「わかりました。去年の秋、新津社長は三十八歳の社員を解雇したんですよ」

「その方の名前は？」

「矢口鎮雄《やぐちしずお》です。矢口は下請けの空調器取り付け業者と癒着《ゆちゃく》して、キックバックを貰ってたんですよ」

「袖《そで》の下を使ってくれた下請け業者に優先的に仕事を回してたんですね？」

「ええ、そうなんです。それも、およそ三年前からね。矢口は総額で、およそ五千万円のキックバックを貰ってたんですよ」

「その金で、分譲マンションでも購入してたのかな？」

「いいえ、違います。矢口はまだ独身ですし、ギャンブルと女性が好きなんですよ。下請け業者から貰った金は競馬とクラブ通いで、ほとんど遣《つか》い果たしてしまったんです。それで、矢口は高級クラブの酒代を癒着してた下請け業者に付け回すようになったんですよ」

「霞が関のエリート官僚たちと同じことをやったわけか」

「毎月の飲み代が二百万を超えるようになったんで、下請け業者の役員がうちの新津社長に矢口のたかりのことを直訴したんです」

「それで、矢口という男は会社を辞めさせられたんですね？」

郷力は確かめた。

「ええ、そうです。わたしは、社長に矢口にキックバックを下請け業者に個人的に返済させるべきだと進言したんです。ですが、社員の不始末は自分の責任だと言って、新津社長はポケットマネーで下請け業者に約五千万円を返したんですよ。その代わり、その業者は出入り禁止にしました」

「当然でしょうね。で、矢口という男は刑事告訴されたんですか？　それとも、民事提訴で勘弁してやったのかな？」

「社長は、どちらもやりませんでした。矢口に人生をリセットしろと言い諭《さと》して、退職させたんです」

「人が好いんだな。新津氏は、矢口に退職金まで払ってやったんですか？」

「そこまではやりませんでしたよ、さすがにね」

石堂が苦く笑った。

「で、その矢口という元社員はいまは何をやってるんです？」

「この一月から軽トラックで小口宅配物の運搬を請け負ってたらしいんですが、思うように稼げないんで、五月末には辞めてしまったという噂《うわさ》です」

「ということは、現在、無職なんでしょうね？」

「だと思います。矢口は六月に入ってから元同僚たちにちょくちょく電話をかけて、新津社長の悪口を言ってるらしいんですよ。それから、矢口はどこで調べたのか、社長に隠し子がいることも知ってたようなんです」

「ちょっと気になる奴だな。矢口の現住所はわかります？」

郷力は問いかけた。

「以前のアパートに住んでると思いますけどね」

「人事担当の社員の方に問い合わせれば、矢口鎮雄のアドレスはわかりますよね？」

「ええ。元社員の履歴書は最低二年間、保存することになってますんでね。少々、お待ちになってってください」

石堂が上着の内ポケットから携帯電話を取り出し、すぐに数字キーを押した。

郷力は気を利かせて、石堂から四、五メートル離れた。そのとき、珍しくケア付き老人ホームに入っている母の文子《ふみこ》から電話がかかってきた。

「元気でやってるの？」

「まあ、なんとかやってるよ。おふくろのほうはどう？」

「相変わらず血圧が高いの。それから、血糖値もね」

「塩分や糖分も極力《きょくりょく》、控えるんだな」

「わかってるわよ。でもね、この年齢《とし》になったら、食べることぐらいしか楽しみがないの。孫たちもね、赤ちゃんのころはかわいかったんだけど、いまはうっとうしいだけよ。鬼嫁が産んだ子たちと思うと、なんか憎らしく感じるときもあるわ」

「兄貴の嫁さんは物事をはっきり言うタイプだが、肚《はら》の中は空っぽだと思うがな」

「あの女は、なかなかの曲者《くせもの》よ。実はね、きのうの夕方、聡一郎夫婦が来たの」

「兄貴たちは、おふくろの好物の道成寺《どうじょうじ》でも持ってご機嫌伺《うかが》いに行ったんだな?」

郷力は言った。

「とんでもない。二人とも手ぶらだったわよ。手土産なんか欲しくないけど、ばか跡取り息子がさ、どうしても呉服屋を畳んで時代にマッチした商売をしたいと鬼嫁と一緒に頭を下げたの」

「兄貴はペットショップに商売替えしたいようだぜ」

「聡一郎だけじゃないの。鬼嫁の千秋《ちあき》もさ、ペットショップは将来性があるとかなんとか言ったのよ」

「確かに、呉服屋の売上は悪くなる一方だろうね」

「恭輔まで、そんなことを言うとは思わなかったわ。そうか、わかったわよ。あんた、なかなかいい働き口がないんで、聡一郎夫婦と一緒にペットショップをやりたいんでしょ?」

「兄貴たちが何を言ったか知らないが、おれは次男だから、独立独歩を貫《つらぬ》くよ。家業の切り盛りは兄貴たち夫婦に任せたんだから、いまさら手伝わせてくれなんて言わないって」

「あんたがそう考えてるんだったら、絶対に商売替えは認めないわ」

「おふくろの思う通りにすればいいさ」

「そうよね。わたしが死んだら、聡一郎夫婦がペットショップをやればいいのよ。あんたの意見を聞いたら、ぐらつきかけてた気持ちが元に戻ったわ。恭輔、ありがとう。あんただけだよ、わたしの味方はさ」

　母がそう言って、涙ぐんだ。

「泣くほどのことじゃないだろうが」

「七十過ぎてから、なんだか涙脆《もろ》くなってしまってね」

「何か困ったときは、いつでもおれに相談してくれ。あまり金はないが、できるだけのことはするからさ」

「恭輔を頼りにしてるよ」

「いま、調査の仕事中なんだ。悪いが、切るからね」

　郷力は終了キーを押し、電話を二つに折り畳んだ。ちょうどそのとき、石堂専務が歩み寄ってきた。

「これが矢口の自宅の住所です。いまも、ここに住んでると思いますよ」

「助かります」

　郷力は、差し出された紙切れを受け取った。

矢口は目黒区五本木《ごほんぎ》のアパートに住んでいた。最寄り駅は東急東横線の祐天寺《ゆうてんじ》駅だろう。車なら、十数分で行ける場所だった。

「わたしは、ここで失礼します」

石堂が一礼し、シーマに足を向けた。

郷力はシーマを見送ってから、レンタカーに乗り込んだ。目黒区五本木に向かう。

矢口の自宅アパートは、目黒区と世田谷区の区境《くざかい》に近い住宅街の一画にあった。プレキャスト・コンクリート造りの二階建てだった。

外壁は、だいぶ煤《すす》けている。築後二十年以上は経過していそうだ。

郷力はクラウンをアパートの横に駐《と》め、矢口の部屋に急いだ。二階の二〇二号室だ。

ドアをノックしたが、応答はなかった。

郷力はインターフォンを長く鳴らした。すると、ようやく室内で人の動く気配が伝わってきた。郷力はドアから少し離れた。

「誰？」

ドア越しに男の寝ぼけ声がした。

「警察の者だ。矢口鎮雄だな？」

「そうだけど、おれ、悪いことなんか何もしてませんよ」

「とにかく、ドアを開けるんだ」

郷力は命令口調で言った。

部屋の主がぶつくさ言いながらも、合板プリントのドアを開けた。郷力は模造警察手帳を短く見せた。矢口は寝起きだったらしく、パジャマ姿だった。頭髪も乱れている。

「別件で逮捕《パク》った男がそっちと共謀して、四歳の男児を誘拐したと供述してるんだよ」

郷力は鎌をかけた。

「冗談でしょ？　どこの誰がそんなことを言ってるんですっ」

「その質問には答えられない。連れ去られたのは瀬戸翔太という名で、その父親は新津光明だ。そっちは去年の秋まで、新津の会社に勤めてた。しかし、下請け業者から約五千万円のキックバックを貰ってたことが発覚して、解雇されたんだよな？」

「なんでそこまで知ってるの⁉」

矢口が目を丸くした。心底、びっくりしている様子だった。

郷力は矢口の下脹《しもぶく》れの顔を直視した。驚愕《きょうがく》の色は貼《は》りついたままだが、狼狽《ろうばい》しているようには見えない。逃げる素振りも示さなかった。

「その坊主は、新津が愛人の瀬戸友季って女に産ませた子だな」

「どうして、そんなことまでわかるんだ？」

「社長夫人が教えてくれたんだ。おれ、会社を解雇された日の夜、酒を飲んで新津の自宅に押しかけたんだよ。社長の女房を犯してさ、退職金を出させようと思いついたんだ。瑠美って女房は床に押し倒しても、ちっとも怯《おび》えなかった。レイプされてもいいとさえ呟《つぶや》いたんだよ」

「まさか!?」

「嘘じゃないって。そのとき、社長夫人は夫婦関係が冷えきってることを打ち明けたんだよ。それから、新津が愛人の子をちゃんと認知したこともさ。だから、新津の隠し子のことを知ってるんだ」

「で、社長夫人を姦《や》ったのか？」

「いや、姦ってないよ。なんかそういう気がなくなっちゃってさ、ここに帰ってきたんだ」

「そっちは、だいぶ新津を逆恨みしてたようだな？」

「そりゃ、頭にきてたよ。下請け業者からキックバックを貰ってたことは事実だけどさ、なにも退職金の支払いまでストップさせることはないだろ？　十七、八年は勤めたから、一千万弱の退職金は貰えたはずなんだよ」

　矢口が不満を洩《も》らした。

「そっちは、それ以上の迷惑を会社に与えたんだ。刑事告訴されなかっただけでも、ありがたいと思え！」

「だけどさ、雇用保険を貰ってるうちに再就職先は見つかりそうもなかったんで……」

「奥に翔太という子はいないな？」

「いないよ。誰かがおれを陥《おとしい》れようとしたんだろうけど、おれ、幼児誘拐なんてしてない。おれが嘘ついてると思うんだったら、自分の目で確かめるといいよ」

「その必要はない。邪魔したな」

　郷力は二〇二号室のドアを閉め、階段を一気に駆け降りた。無駄骨を折ってしまったが、仕方がない。

　郷力はレンタカーに乗り込み、祐天寺駅前通りに出た。

　裏通りに車を駐《と》め、ロータリーの斜め前にあるティー&レストランに入る。

　一階で自家製の洋菓子が売られ、喫茶室が設けられている。郷力は二階のグリルに落ち着き、サーロインステーキを注文した。

私鉄沿線の洋食屋である。郷力はさほど期待していなかったが、ステーキの味は悪くなかった。拾いものをしたような気分だった。

郷力は食後のコーヒーを啜《すす》ってから、友季の自宅マンションに戻った。といっても、友季の部屋は訪ねなかった。彼女の眠りを破りたくなかったからだ。

郷力はレンタカーの中で時間を潰《つぶ》した。

一〇五号室のインターフォンを鳴らしたのは、午後四時半過ぎだった。

仮眠をとった友季は、すっきりとした顔をしていた。郷力は入室し、友季と一緒に犯人からの指示を待った。

友季のスマートフォンが鳴ったのは、午後六時数分前だった。彼女は深呼吸してから、パーリーピンクのスマートフォンを耳に当てた。

遣《や》り取りは短かった。友季が終了キーを押し、郷力に顔を向けてきた。

「犯人からの電話よ。午後十時に静岡県の寸又峡《すまたきょう》に身代金を持ってこいって指示だったわ」

「寸又峡は大井《おおい》川《がわ》の支流の寸又川《すまたがわ》の渓谷《けいこく》で、奥大井観光の中心地だったと思う」

「恭輔さん、行ったことあるの?」

「ない。しかし、テレビの旅番組で観《み》たことがあるんだ。深く刻まれた谷の絶壁から無数の滝が流れ落ちてて、寸又峡温泉の上流に大間《おおま》ダムがある」

「その大間ダムに寸又峡のシンボルの〝夢の吊橋《つりはし》〟が架《か》かってるから、身代金は橋の中央部に置けということだったわ。そして、すぐに吊橋から一キロほど遠のけと言われたの」

「その間に犯人は一億円の身代金を回収し、人質の翔太君を橋上に立たせておく。そういうことだね？」

「ええ、そう言ってたわ」

「犯人の声に聞き覚えは？」

「例によってボイス・チェンジャーか何か使ってるようで、犯人の声はくぐもっていて、抑揚《よくよう》もなかったの。だから、声からは年恰好《としかっこう》は読み取れなかったのよ」

「犯人は、きみのカローラのトランクルームに身代金を入れて、ひとりで指定した場所に来いと命じたんだな？」

郷力は確認した。

「ええ、そうなの」

「レンタカーで、きみのカローラを追ったら、犯人側に怪しまれるな。おれは後部座席の下に入り込んで、上半身をリア・シートに伏せてよう」

「狭苦しいでしょうけど、そうしてくれる？」

「ああ。すでに偵察役の奴がこのマンションの近くで様子をうかがってるだろうが、身代金を積み込もう」

「わたし、寸又峡までカローラをちゃんと運転できるかしら？　さっきの電話がかかってきたときから、全身が震えてるの」

「身代金を渡すまでは何もされないだろう。人質にも危害は加えられないはずだ」

「ええ、そうでしょうね」

「だから、ふだん通りにカローラを運転すればいいんだよ」

「わかったわ」

「きみが先に外に出て、駐車場のカローラにまず一億円をトランクに積み込むんだ。そして、リア・シートのドア・ロックを解《と》く。それで忘れものをした振りをして、いったん部屋に戻ってくれ」

「その隙《すき》に、恭輔さんは後部座席にこっそり乗り込むのね？」

友季が問いかけてきた。

郷力は黙ってうなずき、一億円の入ったキャリーケースを玄関先まで運んだ。

友季が室内灯をすべて消し、部屋から出ていった。もちろん、キャリーケースを引きずっていた。

郷力は数分遣《や》り過ごしてから、一〇五号室のドアを細く開けた。屈《かが》み込んだまま、歩廊《ほろう》に出る。そのままの姿勢で、郷力はマンションの専用駐車場まで移動した。あたりを見回したが、気になる人影は見当たらなかった。

友季がカローラから離れた。

郷力は濃紺の大衆車に中腰で接近し、リア・ドアを数十センチ開いた。シートにスライディングして、そっとドアを閉める。

少し待つと、友季がやってきた。

彼女は抱えていた水色のタオルケットを郷力の体にさりげなく被《かぶ》せ、運転席に坐った。

カローラは東名高速道路をひたすら西下し、静岡ＩＣ《インターチエンジ》で国道三六二号線に入った。

大井川鉄道本線の千頭《せんず》駅の横を抜けて、さらに山峡《やまかい》の奥をめざした。

やがて、ひなびた温泉地が見えてきた。寸又峡は、その奥にあった。山道のほとんどは未舗装だった。サスペンションは弾《はず》みに弾んだ。郷力は揺られつづけた。

大間ダムに着いたのは、午後九時二十七分である。

友季が吊橋の手前でカローラを停め、ヘッドライトを消した。

「目の届く場所に動く人影は？」

「ううん、誰もいないわ」

「そうか。重いだろうが、きみは指示された通りに一億円を吊橋の真ん中に置いてくれ」

「いつ？」

「十時数分前でいい。キャリーケースを置いたら、ゆっくりと車に戻って、来た道を一キロほど下《くだ》るんだ。いいね？」

「ええ、わかったわ。恭輔さんはどうするの？」

「おれは静かにカローラから出て、付近一帯をチェックしてみる。どこかに犯人自身か、仲間が潜《ひそ》んでると思うんだ。そうだ、スマホをマナーモードに切り替えておいてくれないか。おれも切り替える。何か動きがあったら、連絡し合おう」

郷力はタオルケットを剝《は》ぎ、カローラの後部座席から降りた。

頭上は満天《まんてん》の星だった。吊橋の真下の中洲《なかす》がぼんやりと見える。ダムの湖面は黒々としていた。

郷力はダム湖の外周路《がいしゅうろ》下の斜面を横に移動した。足許の繁みから急に蛾《が》が舞い上がったりするが、人が身を潜めている気配は伝わってこない。

誘拐犯は友季の車が〝夢の吊橋〟から遠のくまで、大間ダムに近づく気はないようだ。

やがて、午後十時が迫った。友季は指示された時刻の四分前に身代金の詰まったキャリーケースを吊橋の中央に置いた。

すぐに彼女はカローラに戻りはじめた。吊橋を数十メートル進んだとき、乾いた銃声が夜気を震わせた。友季が前屈《まえかが》みに倒れた。

撃たれたのか。

郷力は全身の血が引くのを自覚しながら、斜面を駆け登った。外周路に出たとき、友季が上体を起こした。そのまま這《は》って、こちらにやってくる。
五、六メートル動いたとき、ふたたび銃声がこだました。
郷力の前方左手の斜面で、銃口炎《マズル・フラッシュ》が光った。明らかに友季を狙っている。

犯人は身代金をせしめるだけではなく、友季の命を奪おうとしているのか。そうだとしたら、人質の翔太はすでに殺害されているのかもしれない。放たれた弾丸は、吊橋を支えているワイヤーに当たった。小さな火花が散った。

郷力は中腰でカローラの陰に走り入り、圧《お》し殺した声で友季に話しかけた。

「そのまま這い進んで、こっちに来るんだ。そして、カローラで下《くだ》ってくれ」

「体が竦《すく》んで動けないの」

「わかった。いま、そっちに行く」

「駄目よ、こっちに来ちゃ。あなたまで撃たれるわ」

友季が言った。

郷力は制止の声が聞こえなかった振りをして、橋の袂《たもと》まで突っ走った。三発目の銃声が響いた。郷力のすぐ近くに着弾した。弾き飛ばされた土塊《つちくれ》が頰に当たった。

郷力は怯《ひる》まかった。反対に闘争本能に火が点いた。

全身の細胞がにわかに活気づき、筋肉がむずむずしはじめた。怒りで、頭の芯《しん》がひどく熱い。

郷力は頭を低くして、吊橋の上を走った。橋全体が揺れ、ワイヤーが軋《きし》んだ。

友季の片腕をしっかと摑み、袂《たもと》まで一気に引っ張る。ためらっている彼女をカローラの運転席に押し込み、強引に吊橋から遠ざからせた。

郷力はカローラが見えなくなると、グロック17を右手に握った。

スライドを引き、前方左手の切り通しまで走る。切り通しが途切《とぎ》れた先は、斜面になっていた。岩と樹木で覆《おお》われている。

郷力は斜面をよじ登りはじめた。

三度銃弾が放たれたきりで、敵は何も動きを見せない。逃げたのか。

郷力は斜面の上まで登ったが、狙撃者《そげき》はどこにもいなかった。

身代金の入ったキャリーケースは吊橋の真ん中に置き去りにされたままだ。少し間を置いてから、一億円を回収する気なのだろう。

郷力は斜面の中ほどまで下《くだ》り、岩に腰かけた。

視線を吊橋に注《そそ》いで、じっと待った。三十分が流れ、一時間が過ぎ去った。

だが、キャリーケースは放置されたままだった。

犯人の狙いは金ではないのか。犯行目的は、友季の殺害だったのかもしれない。

だとしたら、なぜ翔太を誘拐したのか。その気になれば、友季を殺すチャンスはいくらもあったはずだ。

なぜ、そうしなかったのか。わざわざ手の込んだことをした理由があるにちがいない。誰がどんな目的で、友季を闇《やみ》に葬《ほうむ》ろうとしたのか。心優しい彼女が誰かを傷つけて、恨まれているとは思えない。

友季は偶然、犯罪の事実を知ってしまったのではないのか。そのため、命を狙われる破目になった。そう考えるのが自然だろう。

郷力は、自分の内部で猟犬の血が騒ぐのを鮮やかに意識した。刑事のころよりも、強い闘志が漲《みなぎ》ってきた。

郷力は星空を仰《あお》ぎ、不敵に笑った。

3

部屋の空気が重苦しい。

郷力は友季と向かい合ったまま、黙りこくっていた。

リビングの隅には、身代金の詰まったキャリーケースが置いてある。『八雲パールハイツ』の一〇五号室だ。

前夜、郷力は〝夢の吊橋〟を見渡せる斜面で三時間も待った。

しかし、犯人はとうとう姿を見せなかった。郷力はキャリーケースを回収し、携帯電話で友季を呼び寄せた。身代金をカローラのトランクルームに戻し、二人はやむなく東京に舞い戻った。

友季は自分が命を狙われたことにショックを受けた様子だった。それ以上に、息子の安否を気にかけていた。母親としては、当然だろう。しかし、その心配ぶりは痛々しかった。

郷力は腕時計に目をやった。

午後一時半過ぎだった。犯人からは何も連絡がない。

「翔太を誘拐した犯人は、わたしを人里離れた場所に誘《おび》き出したかったんだと思うわ。おそらく目的は、わたしを射殺することだったのよ。それだから、一億円の身代金は持ち去らなかったんだわ」

友季が沈黙を破った。

「そう考えたほうがよさそうだな。なぜわざわざ手の込んだ方法で、きみを寂しい場所に誘い込んだんだろうか。それが謎だな」

「ええ」

「腕っこきの狙撃手を雇えば、きみを雑沓《ざっとう》で仕留《しと》めることもできただろう。しかし、犯人はそうしなかった。もちろん、それなりの理由はあったはずだよ」

「そうなんでしょうね」

「昨夜、おれは自分のマンスリーマンションに戻って、ずっとそのことを考えてたんだ。その結果、一つの推測が生まれた」

「どんな？」

「多分、きみは何かの犯行シーンを見てしまったんだろう。たとえば、殺人とか轢《ひ》き逃げの犯行現場にたまたまいたとかね」

「そういう覚えはないわ」

「だとしたら、きみは犯行そのものは目撃してないんだろうな」

「それなのに、なんで命を狙われることになるの？」

「どんな事件なのか見当はつかないが、加害者はきみに危《ヤバ》いシーンを目撃されたと思い込んでしまったんだろう。その種の疑心暗鬼《ぎしんあんき》はよくあるんだ」

「そう」

「事件を起こした奴は逮捕されたくないんで、自分に不利になるような材料はできるだけ排除したくなるもんなんだ。犯行後、自分の行動に致命的なミスがあったんじゃないかと神経過敏になってしまう。疑惑を持たれたくないんで、いろいろと手を打とうとする。それが裏目に出て、墓穴《ぼけつ》を掘ってしまうケースが過去の事例に幾つもあるんだ」

「犯罪者は心理的に不安になるでしょうからね、犯行直後は」

「ああ、そうなんだ。だから、犯行が誰にもバレてなくても、なんとなく不安になるもんなんだよ」

「そんなことで保身本能が働いて、つまらない偽装工作を思いついたり、事件現場にたまたま居合わせた人々にも犯行を見られてしまったと思い込んでしまうわけね？」

「そうなんだ。ある犯罪心理学者は、小心者が罪を犯すと、そのような糊塗《こと》を考えやすいと分析してる」

「そう」

「よく思い出してくれないか」

「やっぱり、思い当たるようなことはないわ」

「そうか」

「ね、翔太は無事だと思う？」

「犯人の目的はきみの命を奪うことなんだろうから、人質を傷つけたり、殺したりはしないだろう」

「そうなら、翔太はそのうち解放してもらえるのかな？」

「おれは、数日中には翔太君は解き放たれると読んでる」

「そうなってほしいわ。翔太が無事に戻ってくるんだったら、わたし、どうなってもいいわ」

「何を言ってるんだっ。きみは母親として、翔太君を育て上げなきゃならないんだぜ」

郷力は、友季をやんわりと窘《たしな》めた。

「そうだったわね。わたし、どうかしてるわ」

「しっかりしてくれ。それはそうと、新津氏が用意してくれた一億円の身代金は、いったん返してもいいんじゃないかな」

「わたしもそう思ったんで、恭輔さんがここに来る前に石堂専務に電話をして、昨夜《ゆうべ》のことを報告しておいたの」

「そう」

「意外な展開になったんで、石堂さんはびっくりされてたわ」

「そうだろうな。おれも、まさかああいうことになるとは想像してなかったよ」

「ええ、わたしも。翔太を連れ去った犯人は、プロの殺し屋を雇ったのね。遠くから、わたしを撃ってきたわけだから、射撃の腕は悪くないと思うの」

「そうだな。そのへんのチンピラじゃないだろうね。軍人崩れの外国人マフィアを雇ったのかもしれない。中国人、コロンビア人、タイ人、日系ブラジル人の元軍人なんかが殺しを請け負《お》った事例が十件以上あるから、狙撃銃を使った奴はおそらく殺し屋《プロ》なんだろう」

「狙撃銃だったの？　わたし、大型ピストルで狙われたと思ってたんだけど」

「拳銃は三十メートルも離れてると、まず標的には命中しないんだ」

「そうなの。映画のアクションシーンなんかだと、主人公がかなり遠くにいる悪人を撃ち倒してるけど」

「現実には、そうはいかないんだよ。しかし、狙撃銃なら、数百メートル先の的《まと》も撃ち倒せる。きのうはダムから吹き上げてた風によって、弾道が逸《そ》れてくれたんだろう。そっちが平坦《へいたん》地に立ってたんだったら、射殺されてたかもしれない」

「思い出すと、体が震えてくるわ」

友季が肩をすぼめ、胸の前で腕を交差させた。乳房が盛り上がった。

郷力は煙草をくわえた。

ふた口ほど喫《す》いつけたとき、部屋のインターフォンが鳴り響いた。友季が椅子から立ち上がって、壁に掛かった受話器に腕を伸ばした。遣《や》り取りは短かった。

「石堂専務がいらしたの」

友季が受話器をフックに戻し、玄関に急いだ。郷力はロングピースの火を灰皿の底で揉み消した。

石堂が友季に伴われ、リビングに入ってきた。郷力は腰を浮かせ、短く会釈《えしゃく》した。友季が来客を郷力の前に坐らせてから、キッチンに足を向けた。

「思いがけないことになりましたね」

　石堂が言った。

「犯人の狙いは身代金じゃなかったようです」

「瀬戸さんが撃たれそうになって、身代金はそのままだったとか？」

「そうなんですよ。多分、こういうことなんでしょう」

　郷力は、さきほど友季に明かした推測を語った。

「そういうことなら、犯人が一億円には目もくれなかったことがわかりますね。しかし、今度は人質の翔太君を使ってお母さんに呼び出しをかけてくる可能性もあるんじゃないですか？」

「考えられなくはないでしょうね」

「昨夜《ゆうべ》のことを社長に報告しましたら、誘拐犯が捕まるまで瀬戸さんを複数のガードマンに護衛させたほうがいいだろうと申しておりましたが、どんなもんでしょう？」

「それは、まずいと思います。新津氏が瀬戸さんの身の安全を心配されるのはよくわかりますが、犯人側を刺激することになりますからね」

「そうでしょうか。複数のガードマンに護《まも》られてる標的には手は出せないと犯人が諦《あきら》めることになると思ったんですがね」

石堂が言った。

「わたしは、逆効果になるような気がするな。こちら側がガードマンを雇ったことは、犯人に対する宣戦布告とも受け取られかねません」

「そうか、そうですね」

「いたずらに犯人側を刺激したら、人質の翔太君がとばっちりを受けることになるかもしれない」

「わたしにガードなんか必要ありません」

シンクに向かっている友季が振り向いて、石堂に言った。

「わかりました。あなたのお気持ちを必ず社長に伝えます」

「お願いしますね。それから身代金のことなんですが、いったん彼に返したほうがいいと思うんですよ」

「そのことなんですが、新津社長は翔太君が戻ってくるまで瀬戸さん宅に置いておくようにと申していました。犯人の気が変わって、身代金を受け取って、瀬戸さんの命を狙うことは断念するかもしれないからと……」

「それではお言葉に甘えて、しばらく一億円は預からせてもらいます」

「ええ、そうなさってください」

石堂が友季に言い、前に向き直った。郷力は前屈《まえかが》みになった。

「きのうの午後、矢口鎮雄の自宅アパートに行ってみました」

「いかがでした？」

「心証としてはシロですね」

「そうですか。矢口を陥《おとしい》れるつもりはなかったんですが、あの男が社長を逆恨《さかうら》みしていると感じたものですから、つい告げ口をする形になってしまったんです。矢口を疑ったりして、すまなかったな」

「そんなに気を病《や》むことはありませんよ。矢口鎮雄は下請け業者からキックバックを貰ってたことを反省してる様子がなかったですし、会社の信用を失墜《しっつい》させたとも感じてないようでしたから」

「そうですか。矢口は駄目な男です。金の魔力に負けて、すっかり心根《こころね》が腐ってしまったんでしょう」

「そうなのかもしれないな」

「ところで、これも見当外れなのかもしれませんが、わたしがこちらに着いたとき、マンションの横に品川ナンバーのプリウスが停まってて、運転席の男が一〇五号室の様子をうかがってたんですよ」

「どんな奴でした？」

「色の濃いサングラスをかけてたんで、目鼻立ちははっきりとはわかりませんでした。多分、四十代でしょう」

「そうですか」

「その男はわたしに気づくと、焦《あせ》った様子でプリウスを発進させて猛スピードで走り去りました。まるで車のナンバーを読まれるのを恐れてるような感じでしたね」

「なんか怪しいな」

郷力は、そう応じた。脳裏には、新津の親友の笠原敬之の顔がにじんでいた。

笠原は不倫相手の新津瑠美の歓心《かんしん》を買いたくて誰かに翔太を誘拐させ、さらに友季を殺し屋に狙撃させようとしたのか。瑠美に恩を売っておいて損はない。

浮気相手の笠原が自分のためにそこまでやってくれたことを瑠美は喜ぶのではないか。笠原は瑠美に見直され、そう遠くない日に新津光明の遺産の何割かを回してもらえるかもしれない。

友季がたまたま犯罪の現場に居合わせたことが翔太の誘拐事件を招いたと筋を読んだことは見当外れだったのだろうか。郷力は、自分の推測は大筋では間違っていないと確信していた。

それでも、笠原に対する疑念は捨てきれなかった。

郷力は友季が淹《い》れてくれたコーヒーを飲むと、石堂専務を残して一〇五号室を出た。友季には、本業の調査の報告を依頼人から急がされたと言い繕《つくろ》っていた。

郷力はレンタカーを品川区荏原に走らせた。

笠原の自宅兼事務所に着いたのは、二十数分後だった。車庫には、見覚えのあるプリウスが駐《と》められている。

郷力はクラウンを降りると、玄関脇の事務所のドアをノックした。

待つほどもなく笠原が応対に現われた。事務所には三卓のスチール製のデスクが置かれていたが、笠原のほかには人の姿は見当たらない。従業員を雇うほどの余裕がないのだろう。

郷力は刑事になりすまし、勝手に事務所内に入った。十畳ほどのスペースだ。

「色男、調子はどうだい？　社長夫人の要求が烈《はげ》しくて、筋肉痛に悩まされてるのかな？」

「何を言ってるんだ⁉」

「親友の新津光明の女房の瑠美をあんたが寝盗《ねと》ったことはわかってるんだ」

「えっ」

笠原が絶句し、目を泳がせた。

「隅に置けないな、あんたも。日野のホスピスに入ってる新津光明は末期癌で余命いくばくもない。新津が死んだら、未亡人にはまとまった遺産が入るわけだ」

「それがどうだと言うんだねっ。わたしには関係のないことじゃないか」

「大いに関係はあるさ」

「説明してくれ」

「いいだろう。あんたは脱サラして、損保代理店の経営に乗り出した。しかし、思ってたほど収入は得られなかった。赤字の月もあったにちがいない」

「一応、経営は黒字だよ」

「黙って聞け。あんたは瑠美に惚《ほ》れたんではなく、彼女が相続する新津光明の遺産に関心があった」

「無礼なことを言うな。引き取ってくれ！」

「大口をたたくと、かみさんに浮気のことを告げ口するぞ。ついでに、愛娘《まなむすめ》にも教えてやるか」

「そ、そんなことはやめてくれ」

「だったら、おれに喋らせろ！」

「わかったよ」

「瑠美は、夫が愛人に産ませた瀬戸翔太を実子として認知してることを知って、本妻のプライドを傷つけられた。夫が死んだら、遺産の半分は翔太に渡ることになるよな？」

「そうだろうね」

「あんたは瑠美に遺産の一部を回してもらいたいと考えてたんで、少し点数を稼ぐ気になったんじゃないのか？」

郷力は笠原の顔を直視した。

「どういう意味なんだ？」

「あんたは女の自尊心を傷つけられた瑠美を喜ばせたくて、誰かにホストが拉致した翔太を横奪《よこど》りさせ、母親の友季に一億円の身代金を要求した。しかし、狙いは金じゃなかった。あんたは殺し屋を雇って、きのうの晩、寸又峡の〝夢の吊橋〟の上で友季を狙撃させようとしたんじゃないのかっ」

「臆測《おくそく》で物を言わないでくれ。わたしは瑠美さんに頼まれて、瀬戸友季さんの自宅に捜査関係者がいるかどうか探《さぐ》りに行っただけだよ。彼女、自分が誘拐事件のことで逮捕されるんじゃないかと、びくついてるんだ」

笠原が一気に喋った。

「あんたは信用できないんだよな。学生時代から親しくつき合ってきた友人の新津光明の妻とこっそり不倫してるんだから」

「わたしは、新津の奥さんに誘惑されたんだよ。新津が瀬戸友季さんと親密な間柄と知って、腹いせに自分も浮気することにしたと瑠美さんははっきりと言ってた」

「そうかい」

「新津を裏切ったことは悪いと思ってるよ。でも、瑠美さんを抱いてると、なんとも言えない勝利感を覚えるんだ。だから、彼女とずるずるとつき合うことになってしまったんだよ。しかし、わたしは手が後ろに回るようなことは何もしてない。どうか信じてくれ」

「あんたが信用できる人間かどうか、奥さんに訊《き》いてみるか。女房をここに呼んでくれ」

「それだけは勘弁してください。浮気のことをバラされたら、わたしは大事なひとり娘に軽蔑《けいべつ》されるだろう。そんなことになったら、生きる気力も失せてしまう」

「だったら、瑠美の遺産なんか当てにしないで、彼女とはきっぱり別れるんだなっ」

郷力は言い放ち、事務所を出た。

4

エンジンが唸《うな》りはじめた。

郷力はレンタカーのギアをD《ドライブ》レンジに入れた。そのすぐ後、上着の内ポケットで携帯電話が鳴った。笠原の自宅兼事務所の前である。

郷力は携帯電話を摑《つか》み出した。

ディスプレイを見る。発信者は友季だった。犯人側から何か連絡があったのだろう。

郷力は気持ちを引き締め、携帯電話を右耳に当てた。

「帰ってきたの。翔太がね、ひょっこり帰ってきたのよ」

友季が興奮した声で告げた。

「ほんとなんだね？」

「ええ。少し薄汚れてたけど、無傷で戻ってきたの。意外に元気そうなんで、安心したわ」

「よかったな。本当によかった！」

「ええ。わたし、なんだか拍子抜けしちゃったわ」

「翔太君はどこに監禁されてたんだって？」

「場所はわからないらしいんだけど、山の中の一軒家に閉じ込められてたみたいね。保育所のトイレで翔太を抱きかかえたのは、二十代のイケメンだったそうよ」

「そいつは、新津瑠美のお気に入りのホストだよ。堀内って名なんだ。奴は瑠美に頼まれて翔太君を誘拐したんだが、自宅マンションの駐車場で黒いフェイスキャップを被《かぶ》った男に人質を横奪りされたと言ってたんだが……」

「翔太も、そう言ってたわ。黒覆面の男は翔太の頭に麻袋のような物をすっぽり被せると、仲間の車に押し込んだらしいの」

「相棒は、どんな奴だったんだろう？」

「翔太の話によると、若い男で言葉遣《づか》いが乱暴だったらしいわ。フェイスキャップの男も、なんか柄が悪そうだったって」

「おそらく、その二人は金で雇われたチンピラだろう」

「ええ、多分ね。翔太は車に数時間揺られた後、監禁場所に連れ込まれたんだって。そこで両目を安眠マスクで覆われ、両手を後ろ手にロープで縛られてしまったんだそうよ」

「そう」

「見張りは若い女だったらしいわ。サンドイッチやおにぎりをくれて、ペットボトルのお茶やジュースも好きなときに飲ませてくれたみたいよ。それから、トイレにも自由に行かせてくれたんだって。ただし、見張り役の女がいつも手洗いの前に立ってたそうだけど」

「夜は、その見張り役の女と同じ部屋で寝《やす》んでたのかな？」

「そうだったらしいわ。その彼女がぐっすり寝入ってるとき、翔太、こっそり逃げようとしたようなの。でも、隣の部屋には翔太をホストから横奪りした二人組がいたんだって」

「結局、翔太君は監禁されてた部屋に連れ戻されたんだな？」

「ええ、そう言ってたわ。これから、翔太をお風呂に入れてやろうと思ってるの」

「そうか。これから、すぐ八雲に戻るよ。細かいことは、翔太君から直《じか》に聞かせてもらおう。それはそうと、石堂さんはまだいるのかな？」

「だいぶ前に帰られたわ」

「それなら、新津氏か石堂さんに電話をして、翔太君が自宅に戻ってきたことを伝えたほうがいいな。二人とも心配してるだろうから」

「どちらかに必ず報告するわ」

「それじゃ、後で！」

郷力は通話を切り上げ、クラウンを走らせはじめた。

自由が丘に回り、老舗洋菓子店でケーキとバタークッキーを買う。ついでに、翔太のために立体絵本も求めた。

友季の自宅を訪ねると、パジャマ姿の翔太が玄関先に現われた。

「よう！」

郷力は翔太に笑いかけ、手土産《てみやげ》を渡した。

翔太がぴょこんと頭を下げて、礼を述べた。そのとき、奥から友季が姿を見せた。

「お土産をいただいちゃったみたいね。気を遣《つか》ってもらって、申し訳ありません」

「翔太君が辛いことに耐えたんで、何かご褒美《ほうび》を上げたくなったんだ」

「ありがとう。翔太、喜んでるわ」

「でも、母親としては、あまり甘い物を子供に与えたくないんだろう？」

「ええ、そうね」

「虫歯にさせたくないから？」

「わたしは、そんな厳しいママじゃないわ。子供は伸びやかに育てたいと考えてるの。でも、ケーキを食べた後《あと》はしっかり歯磨きをさせますけどね」

「やっぱり、母親なんだ。お邪魔するよ」

郷力は靴を脱いだ。

いつの間にか、翔太は奥に戻っていた。郷力は友季の後《あと》からリビングに入った。翔太は椅子に坐って、立体絵本を見ていた。

「気に入ってもらえたかい？」

郷力は、翔太と向かい合う位置に腰かけた。友季はキッチンに歩《ほ》を運んだ。

「すっごく面白いよ。ぼく、こういうのが欲しかったんだ。でもさ、ママに買ってって言えなかったんだよ」

「どうして？」

「だってさ、ぼくんちはママしかいないんだよ。パパがいて、ママも働いてるんだったら、少しはお金持ちだろうから、立体絵本買ってって言えるんだけどね」

「翔太君は偉いんだな。ちゃんといろんなことを考えてるんだ？」

「そりゃ、そうだよ。パパがいないんだから、しっかりしないとね。ぼくがママの力になってあげなくちゃいけないんだ」

「四歳のきみがそんなことまで考えてるのか。びっくりしたよ」

「ぼくは男だからね。子供でも、ちゃんと女の人を庇《かば》わなくちゃいけないんだ」

「ママがいつもそう言ってるんだな?」

「違うよ。ママを産んだお祖母《ばあ》ちゃんがお正月のお年玉をくれたとき、ぼくに何度も言ったんだ」

「そうなのか。翔太君がお母さんを大事にしてくれたら、立体絵本でもテレビゲームでも買ってあげるよ」

「ほんと⁉　おじさん、ぼくのパパになってくれないかな。そうすればさ、ぼくひとりでママを守らなくてもよくなるでしょ?　ぼくが疲れたときは、おじさんがママの味方になってあげてよ」

「おじさんは翔太君のお母さんと知り合ったときから、ずっと味方さ」

「それなら、おじさん、ママと結婚してよ。ぼく、おじさんのこと、嫌いじゃないからさ」

翔太が言った。

「困ったな」

「おじさんはママのことが嫌いなの?」

「好きだよ」

「それだったら、ほんとにぼくのパパになってほしいな。ママもさ、おじさんのことは嫌いじゃないと思うよ。ママ、おじさんがいると、すっごく嬉しそうなんだ。だから さ、ぼく、おじさんのことを新津光明だと思っちゃったんだよ」

「おかしなことばかり言ってると、いただいたケーキをあげないからね」

友季がうろたえながら、息子を睨《にら》む真似をした。

「わかったよ。もうママを困らせるようなことは言わない。だから、ケーキを二つちょうだい」

「ケーキは一つにしなさい。クッキーをおまけにつけてあげるから」

「それでもいいや」

翔太が言って、ふたたび立体絵本の頁《ページ》を繰《く》りはじめた。

それから間もなく、友季が三人分の紅茶とケーキを運んできた。翔太のケーキ皿には、バタークッキーが添えてあった。

「お風呂に入る前に、彼に報告の電話をかけたの」

友季がそう言いながら、翔太のかたわらに腰かけた。

「安心されただろうな?」

「ええ、安堵《あんど》した様子がありありと伝わってきたわ。例の物を返すと言ったら、何かに役立ててほしいって……」

「そう言ってるんだったら、甘えてもいいんじゃないかな？」

「そういうわけにはいかないわ。折を見て、そのうちに返すつもりよ。そうじゃないと、わたしの生き方に反することになるから」

「きみがそう思ってるんだったら、もう余計なことは言わないよ。それはそうと、例の男性《ひと》は今度はきみの身を案じてるんだろうな？」

「ええ、とても心配してくれてるの。それで、またガードマンを雇わせてもらえないかと言いだしたのよ。気持ちはありがたいんだけど、やっぱり断ったわ」

「勁《つよ》いんだな、きみは」

郷力は目でほほえみ、紅茶をひと口啜《すす》った。

「おじさんとママ、なんか感じ悪いよ」

「あら、どうして？」

友季が翔太に問いかけた。

「ぼくがそばにいるのに、二人で仲よく内緒話なんかしてさ」

「妬《や》いてるのね」

「おじさん、さっき言ったことは忘れて。おじさんとママが結婚したら、ぼく、寂しくなっちゃうと思うからさ。おじさんにママを取られるのは、ぼく、いやだよ」

翔太が叫ぶように言って、チョコレートムースを口一杯に入れた。

「ばかねえ。ママは誰とも結婚なんかしないわ。郷力のおじさんは、ママの友達なのよ。お兄さんみたいな男性《ひと》なの。だからね、ママたちは結婚するわけないのよ」

「そうなのか。でも、おじさんとはずっと仲よしでいて」

「ええ、そのつもりよ」

友季が目を細め、息子の頭を撫《な》でた。

話題を変えたほうがよさそうだ。郷力はそう判断し、翔太に拉致されてから解放されるまでのことを訊《き》いた。

しかし、新たな情報は得られなかった。翔太は拉致犯の二人組に監禁場所から車に乗せられ、自宅のすぐ近くで降ろされたらしい。安眠マスクを外したときは、すでに犯人たちの車は視界から消えていたという話だった。

二人組のひとりは携帯電話で誰かに指示を幾度《いくど》か仰《あお》いだらしいが、相手の名を口にはしなかったそうだ。また、男は決して名乗らなかったという。

翔太はケーキとバタークッキーを食べ終えると、洗面所に向かった。歯磨きを済ませ、立体絵本を持って自分の部屋に引き揚げた。

「疲れたんで、少し横になりたくなったみたいね」

友季が言って、ケーキフォークでシフォンケーキを掬《すく》った。

「街のどこかで犯行現場に居合わせた記憶がないとしたら、男性関係なんだろうか」

「恭輔さん、変なことを言わないで。シングルマザーだから、心細くなるときもたまにあるけど、わたし、男でリフレッシユしようと考えたことなんか一遍《いっぺん》もないわよ。それに、誰とも交際してもないわ」

「それは、その通りだろうな。しかし、きみはチャーミングだ。言い寄る男たちはいただろう。そいつらを素っ気なくあしらって、逆恨みされてるとは考えられないか？」

「何人かに交際を申し込まれたことはあったけど、相手を傷つけないような形で断ったつもりよ」

「きみなら、そうしただろうな。男関係でも何も揉めごとがなかったとしたら、残るは仕事関係か。勤め先の上司や同僚と何かで気まずくなったことは？」

郷力は訊いた。

「そういうこともないわ」

「そうか。職場で最近、何か異変はなかった？」

「それはあったわ」

「どんなことなんだい？」

「『東都《うち》アグリ』のバイオ開発室は五年がかりで高級果物の水耕栽培《すいこうさいばい》の画期的な技術開発に取り組んできたんだけど、ついに二カ月前に成功したの。企業秘密になるんで具体的なことは教えられないけれども、マスクメロンを例に挙げると、温室や露地物の三分の一の日数で収穫できるようになるのよ」

「それは、まさに画期的だな」

「収穫日数の短縮だけじゃなく、果物の大きさや糖度も何倍にもできるの。メロンのほかにも、マンゴー、パパイア、ドリアン、パッションフルーツなんかも短期量産が可能になったのよ。でもね、開発技術の特許申請直前に何者かによって研究データがそっくり盗まれ、パソコンの保存メモリーも削除されてしまったの」

「それは、とんだ災難だったな」

「研究データが盗まれた晩、わたしはバイオ開発室で別の開発データをまとめてたの。ほかには、男性の先輩研究員がひとりいるだけだったわ。その先輩は、わたしを半《なか》ば強引に帰らせたのよ」

「その研究員の名は？」

「荻恵一《おぎけいいち》という名前で、三十九歳よ。まだ独身なんだけど、実年齢よりも老《ふ》けた感じね」

「その荻という男は職場では浮いてたのかな?」

「どちらかといえば、そうね。荻さんは神経がラフなとこがあるから、同僚たちに敬遠されてるの。わたしも彼は苦手だな。軽い冗談のつもりなんだろうけど、際《きわ》どいことを言って面白がってるのよ。セクハラよね、体に触《ふ》れなくても」

「そいつがバイオ研究室にいたきみを無理矢理に帰らせたことがどうも引っかかるな。荻という奴が新技術のノウハウを盗み出して、ライバル会社に売ったのかもしれない」

「そこまではやってないと思うけど、荻さんが主要な開発に貢献《こうけん》してないことは確かね。手柄を立てたのは、荻さんよりも二年後輩の研究員たちだったの」

「後輩スタッフたちに先を越されたんで、荻はなんか癪《しゃく》だったのかもしれないな。で、開発技術に関する研究データをすべて削除して、特許申請できないようにした疑いがありそうだ」

「先輩スタッフを疑いたくはないけど、荻さんに不審な点があることは事実ね」

「その彼の私生活はどうなんだい?　酒と女には目がないってタイプなのかな?」

「プライベートなことは、ほとんど知らないの」

友季が言って、ペーパーナプキンで軽く口許《くちもと》を押さえた。

「荻という先輩は同僚たちと飲みに行ったりしないようだな」

「誰も誘ったりしないのよ。荻さんは素面《しらふ》でも同僚たちに無神経なことを平気で言うから、アルコールが入ったら、もっと失礼なことを言われるに決まってると思われてるんでね」

「バイオ開発室の研究スタッフにそこまで嫌われたんじゃ、きっと何かで憂さ晴らしをしてたにちがいない」

「そうでしょうね。そういえば、荻さんが歌舞伎町の違法カジノに出入りしてるって噂を耳にしたことはあるわ。その噂の真偽《しんぎ》はわからないけど」

「盛り場の違法カジノを仕切ってるのは、たいてい広域暴力団だ。荻という奴はいいようにカモられて、だいぶ借金があるのかもしれないな」

「そうなのかしら？」

「それで、苦し紛《まぎ》れに特許申請前の開発技術データを職場から盗み出したのかもしれないぞ。画期的な技術開発なら、国内外のバイオ食品関係の会社に高く売れるだろうからな」

「それは間違いないでしょうね。しかし、そんなことをしたら、いずれ不正の事実が発覚するわ。ライバル会社のどこかが似たような技術特許の申請をしたら、真っ先に荻さんは怪しまれるはずだもの」

「荻が画期的な技術のノウハウを盗み出したとしたら、一生喰《く》えるだけの保証をしてもらったんだろうね」

「そうなのかな?」

「開発室の室長のことを教えてくれないか」

郷力は言った。

「室長は都築稔《つづきみのる》という名で、ちょうど五十歳よ。大きな研究成果は一度も挙げてないけど、配下をまとめる能力は抜群ね。バイオ開発室で孤立してる荻さんにも何かと声をかけて、腐らせないように気を配ってるの」

「人を束《たば》ねる能力も一つの才能だから、室長のポストに就《つ》いていられるんだろう。スタッフ数は何人だったっけ?」

「現在は都築室長を含めて十五人ね。そのうち女性研究員は、わたしを入れて四人なの」

「そう。バイオ開発室の全員が写ってる写真はある?」

「ええ、あるわ。この春にバイオ開発室の慰安旅行があって、そのときにスタッフ全員で記念写真を撮《と》ったの」

「その写真を見せてくれないか。食品関係の業界紙の記者に化けて、ちょっと探《さぐ》りを入れてみるよ。きみに迷惑をかけない形で、荻恵一のことを調べてみたいんだ」

「わかったわ。いま、写真を持ってきます」

友季が立ち上がって、玄関ホール寄りの部屋に入った。

郷力は紅茶を飲み干した。

第四章　盗まれたバイオ特許

1

周《まわ》りには人の姿はない。

千代田区内にある『東都アグリ』本社の一階応接ロビーだ。

郷力はソファに腰かけ、バイオ開発室の都築室長を待っていた。翔太が解放された翌日の午後三時過ぎである。友季はバイオ開発室で仕事にいそしんでいるだろう。

エレベーターホールの方から、五十年配の男がやってくる。

都築だった。写真通りだ。郷力はソファから立ち上がって、目礼した。

「あなたが『食品タイムズ』の鈴木一郎さんですね。わたし、都築です。どうも初めまして」

友季の上司が如才《じょさい》なく言って、自分の名刺を差し出した。

郷力は押しいただき、偽名刺を都築に渡した。スピード名刺屋で刷らせたもので、実在する業界紙の発行所が明記されている。

「どうぞお坐りください。新しく入られた記者の方ですね？」

「ええ。その前はスポーツ新聞の文化部にいたんですが、デスクと仕事のことでぶつかっちゃいましてね」

「それで、業界紙の記者になられたわけか。もったいないな」

都築がそう言い、先に腰かけた。郷力はテーブルを挟んで、友季の上司と向かい合った。

「取材をさせてもらう前に、まず、おめでとうございます」

「いきなり、何なんです？」

「情報源は明かせませんが、『東都アグリ』さんが高級果物の短期水耕栽培の画期的な技術を開発されたというビッグニュースを摑《つか》みましたよ」

「いったい誰から……」

「残念ながら、ニュースソースは教えられません。今後、マスクメロンを初めとする高級フルーツはぐっと安くなりますね。しかも収穫日数が短くなるだけではなく、糖度も自在に変えられるそうじゃないですか？」

「ええ、まあ」

「これで、『東都アグリ』さんは飛躍的に年商を伸ばして、バイオ食品業界の最大手になることは間違いないですね」

「いや、いや」

都築室長が曖昧《あいまい》に笑った。

「新技術の開発に成功されたのは、およそ二カ月前と聞いてます。当然、もう新技術の特許申請は済んでるわけでしょ？」

「ええ、まあ」

「それだったら、もう発表してもいいですよね？　一般紙の連中が歯噛《はが》みするようなスクープ記事を書くつもりです。もちろん、トップ記事です。デスクは、二頁《ページ》空けておくとも言ってるんですよ」

「鈴木さん、まだ記事にはしないでください」

「新技術の特許申請が済んでるんだったら、別に問題はないでしょ？　それどころか、会社の宣伝になるはずです。『東都アグリ』さんの株価も大幅にアップすることは間違いありませんよ」

「実はですね、まだ新技術の特許は申請してないんです。というよりも、ちょっと事情がありまして、特許申請できなくなってしまったんですよ」

「どういうことなんです？」

　郷力は身を前に乗り出した。

「開発データが何者かにそっくり盗まれて、保存登録も解除されてしまったんですよ」

「えっ⁉　それはいつのことなんです？」

「特許申請する直前ですから、およそ二カ月前のことです」

「新技術のノウハウは研究員たちの頭の中にあるはずです。新たに申請書類に記入すればいいことなんじゃないのかな？」

「門外漢は簡単にそうおっしゃるが、開発データは複雑な数式に基《もと》づいて作成されてるんですよ。化学方程式はきわめて入り組んでて、すぐには数値化も図面化もできないんです」

「そうなんですか」

「技術革新を実現させた研究員たちが中心になって、開発データの再構築に取りかかったんです。しかし、その矢先に大型コンピュータにハッカーが侵入して、開発データをぐちゃぐちゃにしてしまったんですよ。それでも気を取り直して、部下たちは新技術のノウハウを懸命にパソコンに打ち込みました。しかし、すぐに……」

「ハッカーに侵入されて、データを破壊されてしまったんですね？」

「ええ、そうなんです。この二カ月、その繰り返しです。そういうわけで、まだ特許の申請はできてないんですよ」

「そうなんですか。いたずら好きのハッカーか、クラッシャーが『東都アグリ』さんのシステムに潜《もぐ》り込んだんだろうか」

「ハッカー退治の専門家の力を借りてるんですが、侵入者や破壊者の正体はまだ突き止められないんです」

「産業スパイが天才ハッカーを雇って、いろんな業界の新技術のデータを盗み出してるとも考えられますね」

「わたしも、そう推測してるんですが、なかなか証拠を押さえられないんですよ。頭が痛いです」

「開発技術を含めて企業秘密が外部に漏《も》れる場合は、内部の人間が犯行に加担してることが少なくないようですよ」

「あなた、わたしの部下が開発データ流出に関与してると疑ってるんですかっ。そんなことはない。十四人の研究スタッフは『東都アグリ』のために日夜、たゆまぬ努力を重ねてるんです。全員、愛社精神も持ってるはずです。そういう部下が会社を裏切るわけない！」

都築が声を荒らげた。

「お言葉を返すようですが、真面目な研究員でも生身の人間でしょ？　さまざまな欲や野望はあるでしょう。それから、他人には話せないような事情があって、誰かに弱みにつけ込まれることもあると思うんですよ」

「部下たちが聖人君子じゃないことはわかってます。しかしね、金や色欲に惑《まど》わされて、悪事に手を染めるほど堕落《だらく》したスタッフはいません」

「別に都築室長を怒らせる気はないんですが、あなたは十四人の部下と一日二十四時間接してるわけではありませんよね？」

「当たり前でしょうが！　それでも毎日、八時間から十数時間も一緒に仕事をしてれば、部下たちの人柄はわかりますよ」

「ええ、おおよその人柄はね。ですが、どんな人間にも多面性があります。職場の顔と私生活の顔が同じとは限りません。酒乱気味の人間はアルコールが入ったとたん、人格が変わってしまいます。会社や家庭では実直で生真面目そうな男が通勤電車の中で痴漢行為をしてたなんてケースは珍しくもないでしょ？」

「バイオ開発室のスタッフに限って、そんな下劣《げれつ》な者はいない」

「そういう思い込みは危険なんじゃないのかな、少々。一流企業の管理職に就《つ》いてた名門大学出の女が夜は渋谷で街娼《がいしょう》をやってたり、マスコミにもちょくちょく登場してた大学教授が駅構内や電車の中でスカートの中をビデオで盗撮してたんですよ」

「わたしの部下をそんな連中と一緒にしないでくれ」

「そんなことを言い切ってもいいのかな。あなたの部下のひとりが歌舞伎町の違法カジノに出入りしてるって情報も摑んでるんですよ」

「それは誰のことなんだ？」

「その方の名を明かすわけにはいきません。下手したら、人権問題に発展しかねませんのでね。わたしが言いたいのは、どんな人間にも表と裏の顔があると申し上げたかったんですよ。くどいようですが、部下の中に金に困ってた者はいないんですね？」

「いないはずだ」

「悪い女に引っかかった男性研究員は？」

郷力は畳みかけた。

「そんな部下はいませんよ」

「裏社会の奴らに何かで難癖をつけられて困ってるスタッフは？」

「いい加減にしてくれ。あなた、新技術のことで取材に来たんでしょ？」

「ええ、そうですよ。しかし、特許申請前に開発データが何者かに盗まれたという話をうかがったんで、そのあたりのことに興味を持ったんです。記者なら、誰も関心を持つと思いますがね」

「そうかもしれないが、とにかく開発技術の特許申請はしてないんだ。だから、高級果物の短期量産化については、まだ記事にしないでほしいんですよ」

「まいったな。てっきりスクープできると思ってたのに、当てが外れちまったな。別のネタでもいいから、何か提供してもらえませんかね」

「いまは何も協力できません。もうじき会議があるんで、失礼させてもらいますよ」

都築が硬い表情で言い、勢いよく立ち上がった。

郷力は目礼しただけで、引き留《と》めなかった。都築が大股《おおまた》でエレベーターホールに向かった。郷力は腰を浮かせ、受付の前を抜けて表に出た。

レンタカーは脇道に駐《と》めてあった。クラウンに乗り込み、煙草を喫《す》う。

一服し終えたとき、友季から電話がかかってきた。

「都築室長、なんか不機嫌そうな顔で戻ってきたけど、怒らせるようなことを言ったの？」

「十四人の部下は開発データ流失事件には絶対に関わってないと言い切ったんで、どんな人間にも裏表があるだろうと言ってやったんだ」

「そうしたら、機嫌が悪くなったのね？」

「ああ。都築の旦那《だんな》は、不自然なほど部下たちを庇っててた。ひょっとしたら、室長は荻恵一が事件に関与してるかもしれないと感じてるんじゃないのかな？」

「そうなのかしら？」

「なんとなくそう感じたんだ。しかし、そのことを外部の者に喋《しゃべ》ったら、自分の管理能力と責任を問われることになりかねない」

「部下が不正をやったことがはっきりしたら、当然、そういうことになるでしょうね」

「ああ。それだから、都築室長はあんなに強く部下たちを庇ったのかもしれない。しかし、特に根拠があるわけではないから、予断は禁物だな」

「ええ、そうね」

「荻は、いまバイオ開発室にいるんだね？」

「ええ」

「予定通り本社ビルの脇道で待機して、荻の行動を探《さぐ》ってみるよ。荻が職場を出る様子を見せたら、すぐに連絡してくれないか」

郷力は言った。

「わかったわ。社員は、たいてい通用口を利用してるの。例の先輩も、表玄関は使わないと思うわ。だから、車は通用口の方に回しておいたほうがいいでしょうね」

「確認しておきたいんだが、荻はきのう見せてもらった写真とあまり変わってないか？」

「ええ、そうね」

「ふだんは毎日、電車で通勤してるという話だったよな？」

「そうよ。月に一、二回はマイカーで通ってるけど、きょうは電車を利用したはずだわ」

「自宅マンションは、小田急線の梅ヶ丘駅の近くにあるんだったね？」

「そう。『梅ヶ丘レジデンス』の三〇一号室を借りてるの」

「わかった。翔太君は大丈夫か？」

「ええ。ふだん通りに戻った感じよ。でもね、うたた寝してる間に恭輔さんが帰っちゃったんで、とっても残念がってたわ」

友季が言った。

「疲れてるだろうから、ぐっすりと眠らせてやりたかったんだ」

「ありがとう。生まれたときから父親がそばにいなかったから、翔太はあなたに甘えてみたいんでしょうね。きのう、いただいた立体絵本を幼稚園に行く寸前まで手放そうとしなかったの」

「そんな話を聞くと、毎日、立体絵本や玩具《おもちゃ》をプレゼントしたくなるな」

「翔太をかわいがってくれるのは嬉《うれ》しいけど、あまり甘やかさないでね。あの子、調子に乗りやすいから」

「そのほうが愛嬌《あいきょう》があって、おれはいいと思うがな」

「パパは甘いんだから。あっ、ごめんなさい。うっかりパパなんて言ってしまったけど、別に他意はないの」

「わかってるよ。そっちが迷惑じゃなければ、いつでも翔太君の父親の代役を務《つと》めてやる。もちろん、新津氏が不快に思わなければの話だがね」

「恭輔さんらしいわ。わたしたち、なんで別れてしまったのかしら？　いやだわ、いまさら何を言ってるんだろう。翔太の父親がそう長くはこの世にいられないと思うと、なんだか心細くなってきたのかもしれないわ」

「おれでよかったら、突《つ》っ支《か》い棒になってあげるよ。あっ、悪い！　まだ新津氏が亡くなったわけじゃないのに、不謹慎《ふきんしん》なことを口走ってしまった。いまの言葉は忘れてくれ」

「え、ええ」

「それから、通勤時はもちろん外出するときはできるだけ人通りの多い道を歩くようにしたほうがいいな。また魔手が迫ってくるかもしれないからね」

「ええ、用心するわ。後《あと》で連絡するね」

「ああ、頼むな」

郷力は電話を切って、エアコンの設定温度を二度下げた。

友季と喋っているうちに、なぜか体が火照《ほて》りを帯びていた。彼女と知り合ったばかりのころ、よく似たようなことがあった。

八年というブランクが初々《ういうい》しさを蘇《よみがえ》らせてくれたのだろうか。大切な人間や物を失ってから、そのありがたさに初めて気づくものだ。郷力は、取り返しのつかないことをしたような気がしてきた。

しかし、まだ友季は新津光明と死別したわけではない。彼女に未練がましいことを洩《も》らしたら、困惑させることになる。

胸のどこかで愛惜《あいせき》の念が揺れていることを友季に覚《さと》られてはならない。郷力は密かに自分を戒《いまし》めた。優しさというよりも、ささやかな償《つぐな》いの気持ちだった。

郷力はヘッドレストに頭を預け、軽く目を閉じた。

友季から電話がかかってきたのは、午後六時数分前だった。荻恵一が帰り仕度をしているらしい。

郷力は電話を切ると、レンタカーを『東都アグリ』本社の通用口に回した。車を停めたのは、通用口を見通せる場所だった。

断続的に男女の社員たちが通用門から出てくる。ほどなく荻恵一が姿を見せた。マークした男は勤め先の表玄関側に回り込み、タクシーを拾った。

郷力は慎重にレンタカーでタクシーを尾行した。荻がタクシーを降りたのは、新宿区役所通りだった。区役所通りと花道《はなみち》通りがクロスする交差点の数十メートル手前だ。

荻は近くにある煤《すす》けた台湾料理店に入った。郷力は、その店の斜め前にクラウンを寄せた。嵌《は》め殺しのガラス窓越しに店内をうかがう。

荻は左端のテーブルについている。ひとりだった。どうやら夕食を摂《と》る気らしい。

やがて、荻のテーブルに炒飯《チャーハン》が運ばれてきた。すぐに彼は食べはじめた。

十五、六分で、荻は店から出てきた。職安通り方面に歩き、風林会館とバッティングセンターの間にある脇道に足を踏み入れた。

百数十メートル進み、ココア色の雑居ビルの地階に降りていった。昇降口には、軒灯は出ていない。

ほどなく荻が地階のドアの向こうに消えた。二重扉になっているようだった。

郷力は車を降りた。

通行人を装って、ココア色の雑居ビルの前を通過する。六階建ての雑居ビルの一階には、『利根川《とねがわ》興産』というプレートが掲《かか》げてあった。

このあたりは、関東桜仁会《おうじんかい》利根川組の縄張りだ。利根川組の持ちビルにちがいない。地階の出入口には、監視カメラが三台も設置されている。いかにも物々《ものもの》しい。地階には、利根川組直営の違法カジノがあるのだろう。

郷力は暗がりに身を潜《ひそ》めた。

十分ほど経《た》つと、地階に通じる階段を上がってくる男がいた。五十年配で、でっぷりと太っている。背広姿ではなかった。

プリント柄のポロシャツを着ている。下は白っぽいスラックスだ。クラッチバッグを小脇に抱えていた。商店主か、町工場の社長だろう。

郷力は五十絡《がら》みの男の行く手に立ち塞《ふさ》がった。

「なんだよ、あんた！　こっちはルーレットで三百万も負けて、カッカきてるんだ」

太った男は喧嘩《けんか》越しだった。息遣《いきづか》いが荒い。

郷力は無言で模造警察手帳を呈示した。すると、相手が逃げる素振りを見せた。郷力は男の肩口を押さえて、足払いをかけた。

肥満体の五十男は短い声をあげ、横倒れに転がった。

「おたくを逮捕《パク》る気はないから、びくつくことはない」

「いまの話、嘘《うそ》じゃないよな？」

「ああ。ちょっと確かめたいことがあるだけだ」

「そういうことなら、協力するよ」

太った男がのろのろと身を起こした。

「地階にある違法カジノは、利根川組が仕切ってるんだな？」

「そうだよ。でも、われわれ客の扱いは紳士的だよ。ディーラーは若い美人ばかりだし、酒も飲み放題なんだ。一日五十万円分のチップまでは無制限で貸してくれるんだよ。最近はマイナスになる月が多いんだが、通いはじめのころは毎月数百万のプラスになってたんだよ」

「それがヤー公どもの手なんだ。最初は堅気の客に儲《もう》けさせといて、そのうちカモりはじめるのさ。ルーレットに巧妙な細工がされてるだけじゃなく、ポーカーやブラックジャックのカードもディーラーが上手にすり替えてるんだ。どんなゲームもいかさま《サマ》なんだから、客が勝てるわけないんだよ」

「そうなのか⁉」

「利根川組に大きな負債をこさえると、あんたは家族ともども破滅することになるぞ。娘さんはいるのか？」

「二十五と二十二の娘がいるよ」

「娘たちをお風呂《ソープ》か性風俗店に沈められたくなかったら、違法カジノ通いはやめたほうがいいな」

「だけど、マイナス分を取り返さないとさ」

「そういう欲を出してると、いまに利根川組に丸裸にされちゃうよ。それはそうと、常連客の中に荻という男がいると思うんだが……」

「荻ちゃんとは、よく顔を合わせるね。いまも、ルーレットに熱くなってるよ。彼は負けると、意地になってチップを張りつづけるんだ。一時は店から二千万近く借りてたんじゃないのかな？」

「いまは、どのくらいマイナスがあるんだい？」

「そのあたりのことはよくわからないけど、借金の額はだいぶ小さくなったんじゃないの？　そうじゃなきゃ、毎晩のように店に顔を出せないだろうからね。あっ、そうか。荻ちゃんは利根川組の借金をきれいにしたくて、何か危《ヤバ》いことをやったんでしょ？　まさか銀行強盗をやらかしたんじゃないだろうな」

「もう消えてもいいよ」

郷力は太った男から離れた。相手は何か問いたげな顔になったが、ゆっくりと遠ざかっていった。

郷力はレンタカーの中に戻った。

違法カジノから荻が現われたのは、午後十時過ぎだった。むっとした顔をしている。ルーレットで、かなり負けたようだ。

荻は路上に立ち、携帯電話のキーを押しはじめた。どうやらメールを打っているらしい。それから間もなく、荻の携帯電話が鳴った。彼は短い遣《や》り取りをすると、区役所通りに向かった。

郷力は車首を向き変え、低速で荻を追った。

荻は区役所通りに出ると、角の風林会館の横にたたずんだ。郷力はクラウンを路肩に寄せた。

荻が煙草を喫《す》いながら、しきりにあたりを見回しはじめた。それから数分が経過したころ、十五、六歳の少女が荻に声をかけた。

荻は少女に笑顔で何か言った。派手な身なりの少女が黙ってうなずいた。二人は交差点を渡り、明治通り方面に歩きだした。

郷力はレンタカーで、荻たち二人を追尾《ついび》しはじめた。

二人は七、八十メートル歩くと、左に曲がった。その先はラブホテル街だった。

荻は出会い系サイトを利用し、女子高校生を買う気になったらしい。十八歳未満の少女と性交したら、法律で罰せられる。

郷力は車をラブホテル街に入れた。

そのすぐ後、荻は連れの少女を妖《あや》しいネオンが瞬《また》くホテルに連れ込んだ。郷力は車をホテルの少し先に停めた。

2

三十分が過ぎた。

郷力はレンタカーを降りた。外は蒸し暑かった。

ラブホテル『パトス』のエントランスロビーに入る。荻が少女と消えたホテルだ。客室案内板の半分は照明が落とされている。郷力はフロントの小さな窓口の前に立った。

するとと、六十年配の女が窓口から顔を覗《のぞ》かせた。

「相すみません。うちは、おひとりさまのご利用は遠慮してもらってるんですよ」

「客じゃないんだ」

「もしかしたら、警察関係の方でしょうか？」

「そうだ」

郷力は偽の警察手帳を見せた。

「うち、コールガール組織とはつき合いはありませんよ。麻薬の取引場所にも使わせたこともないの」

「手入れじゃないから、安心してくれ」

「ただの聞き込みなんですね？」

「そんなとこだ。三十分ほど前に、三十八、九の男が十代半《なか》ばの女の子と一緒に入ったよな？」

「は、はい」

「その二人は何号室にいる？」

「四階の四〇三号室にいます。連れの女の子、家出娘だったんですか？　それとも、売春してたんですかね？」

「男に確かめたいことがあるんだ。マスターキーを貸してくれないか」

「どうしましょう!?　わたし、オーナーじゃないんですよ。住み込みの従業員なの。わたしの一存でマスターキーをお貸ししたら、後《あと》で叱《しか》られるかもしれないんで、社長に電話してみますよ」

「いいから、貸してくれ」

「わ、わかりました」

相手が震え声で言い、マスターキーを差し出した。それを受け取り、郷力はエレベーターに乗り込んだ。

四階が最上階だった。四〇三号室のドア・ロックを解《と》き、そっと室内に入る。

ダブルベッドの上で、裸の男女が絡《から》み合っていた。荻と十代の少女だった。

『東都アグリ』の研究員は少女の両脚を肩に担《かつ》ぎ上げ、腰をサディスティックに躍《おど》らせていた。

「おじさん、もっと優しく突いて。奥が痛いの」

少女が訴えた。

「少しは我慢しろ。短い時間で三万円も稼げるんだからな。おまえがハンバーガーショップでバイトしても、時給千円も貰《もら》えないだろうが」

「そうだけど」

「一発抜いたら、しゃぶってくれよな？」

「あたし、おフェラは好きじゃないの」

「くわえてくれなかったら、さっき渡した金は返してもらうぞ」

「汚いよ、そんなの」

「おれの言う通りにしたら、チップをやるよ」

荻が、律動《りつどう》を速《はや》めた。

郷力はベッドに歩み寄り、無言で荻の腰を蹴《け》った。荻が呻《うめ》いて、ベッドの向こう側に転げ落ちた。

裸の少女が跳《は》ね起きた。

「誰なの!?」

「警察の者だ。家出《ヤサグレ》したんだな？」

「う、うん」

「高校生か？」

「そう。一年なんだけど、先月から学校には行ってないの。あることで、クラスの子たちと気まずくなっちゃったんだ」

「家はどこにあるんだい？」

「刈谷《かりや》よ、愛知県の」

「服を着て、新宿西口の長距離バスターミナルに行け」

「え？」

「新宿には、家出少女を狙《ねら》ってる若いやくざがたくさんいるんだ。早く家に帰ったほうがいい」

「あたし、お金に困って出会い系サイトで知り合った男たちに体を売ってたんだよ。女子少年院に送られるんじゃないの？」

「目をつぶってやるよ。その代わり、早く消えてくれ」

郷力は言った。少女がベッドから離れ、手早く衣服をまといはじめた。

「そっちは児童買春で送致されることになるな」

郷力は荻に顔を向けた。荻が半身を起こした。

「こういうことは二度としませんから、今回は見逃してくれませんか。わたし、『東都アグリ』の社員なんです。バイオ開発室の研究員なんですよ。家出少女を買ったことが表沙汰《おもてざた》になったら、解雇されるに決まってます」

「身から出た錆《さび》だな」

「その通りなんですが、そこをなんとかお願いしますよ」

「少女買春だけなら、揉《も》み消しようがある。しかし、そっちは利根川組が仕切ってる違法カジノの常連客でもあるからな」

「お、おたく、前々から、わたしを尾行してたんだね？」

「まあな。もう観念するんだ。とりあえず、トランクスを穿《は》け」

郷力は言って、ラブチェアに腰かけた。

家出娘が郷力に軽く頭を下げ、そそくさと部屋から出ていった。トランクスを穿き終えた荻がベッドの上に胡坐《あぐら》をかいた。

「利根川組に二千万円近い借金があったようだが、いまも平気で違法カジノに出入りしてる。なんらかの方法で、借りた金を返したみたいだな？」

「………」

「黙秘権を行使するってわけか。好きにしろ。いま、パトカーを呼ぶから、取調室で睨《にら》めっこをしようじゃないか」

「ま、待ってください。わたしの違法行為をすべて見逃してくれるんでしたら、何もかも喋ります」

「大きな手柄になるような情報《ネタ》を提供してくれたら、少女買春と違法賭博《とばく》には目をつぶってやってもいいよ。おれ、一年近く点数を稼いでないからな」

郷力は、もっともらしく言った。

「話が少し長くなりますが、かまいませんね？」

「ああ」

「わたしは二十代のころからギャンブルで負けると、なんか意地になっちゃうんですよ。負けっ放しじゃ、なぜだか惨《みじ》めになるんです。だから、カジノからチップを借りてでも、なんとかプラスにしたいと考えてしまうんです」

「負けず嫌いなんだろうな」

「ええ、そうなんだと思います。そんなことを繰り返してるうちに、利根川組から借りた金がいつの間にか、一千九百万円を超えてしまいました」

「当然、カジノを仕切ってる利根川組は借金の返済を強く迫っただろう？」

「ええ。借りた金をきれいにするまでは、カジノに出入りさせてもらえませんでした。それでサラ金から、五十万、百万と借りて、少しずつ利根川組に返済したんです。ところが、今度はサラ金の利払いを滞《とどこお》らせるようになってしまったんですよ」

「そうだろうな」

「わたし、母親を受取人にして三千万円の生命保険に入ってたんです。掛け捨て型だったんで、月々の保険料は六千円ちょっとだったんです」

「そっちは自殺して、生命保険金で借金をきれいにしようと考えたわけだな？」

「ええ、そうなんです。しかし、どうしても死ぬことはできませんでした」

「それで、どうしたんだ？」

「二カ月ほど前に、うちのバイオ開発室が画期的な技術開発に成功したんですよ」

荻がそこまで言って、ちょっとためらいを見せた。

「どういう成果をあげたんだい？」

「マスクメロンなど高級果物の短期水耕栽培の新技術を開発したんです。それによって、大幅に栽培期間を短縮できますし、果実の大きさや糖度も自在に変えられるようになったんですよ」

「それは大変な技術革新だな」

「ええ、そうですね。何億、いや、十億円以上の価値はあると思います」

「先をつづけてくれ」

「はい。わたし、その開発のことを利根川組の利根川守《まもる》組長に話したんですよ。そしたら、組長は……」

「開発データを盗み出せば、借金はチャラにしてやるとでも言ったんじゃないのか？」

「驚いたな。そうなんですよ。借りた金を棒引きにしてくれた上に、五百万の謝礼もくれるという話でした」

「そっちはその気になって、勤め先から画期的な新技術のデータを盗み出したわけか？」

「ええ、だいぶ迷った末にね。会社が技術特許の申請をする数日前の夜、残業してた同僚の女性研究員を強引に帰らせて、開発データの入ったＵＳＢメモリーを盗み出し、システムの保存登録をそっくり解除したんですよ」

「ＵＳＢメモリーは、組長の利根川に直接、手渡したのか？」

「いいえ、組長の代理人に渡しました。二カ月ほど前に新宿のシティホテルのバーでね」

「その代理人はどんな奴だった？」

「四十代の後半で、インテリやくざ風の男でした。田中《たなか》と名乗ってましたが、多分、偽名でしょう」

「だろうな」

「自称田中氏は利根川組長から預かった五百万を置いて、すぐに消えました」

「そうか。組長の携帯のナンバーは知ってるな？」

郷力は訊《き》いた。

「ええ」

「身繕《みづくろ》いをしたら、利根川に電話をかけてもらう」

「えっ」

「開発データの主要部分のＵＳＢメモリーを渡し忘れたんで、直《じか》に届けたいと言うんだ」

「おたく、何を考えてるんです⁉」

「言われた通りにしないと、そっちの前途《ぜんと》は真っ暗になるぜ」

「しかし、組長を騙《だま》すようなことをしたら、わたしは殺されてしまう」

「警察がそっちを護《まも》ってやるよ。だから、怯《おび》えるなって」

「そう言われてもね」

「世話を焼かせやがる」

「やっぱり、怕《こわ》いですよ。組長はもう五十一、二のはずなんだが、すごく短気なんです。悪いが、断る！」

荻が決然と言った。

郷力は口の端を歪《ゆが》め、ベルトの下からグロック17を引き抜いた。

「そっちは断れないんだよ」

「それは真正銃《しんせいじゅう》じゃないよね？　一般の警察官はチーフズ・スペシャルか、シグ・ザウエルP230のいずれかを持ってるとどこかで聞いた記憶がありますんで」

「こいつはモデルガンじゃない。試《ため》しに、そっちの腕を撃ってやろう」

「やめろ！　やめてください。言われた通りにしますよ」

荻がベッドを降り、急いで衣服を着た。それから彼はベッドに浅く腰かけ、上着の内ポケットから携帯電話を取り出した。

郷力は拳銃をベルトの下に戻し、耳に神経を集めた。ほどなく電話が繋がった。

「夜分に申し訳ありません。例の開発データの肝心の資料を渡し忘れてたんです」

「………」

「いいえ、明日じゃ、まずいんですよ。上司がわたしを怪しみはじめてるんでね。ですから、今夜中にUSBメモリーを渡してしまいたいんです」

「………」

「どこにでも出向きます。いま、ご自宅にいらっしゃるわけじゃないんですね。親しくされてる女性のご自宅にいらっしゃる？　アドレスを教えてください」

「………」

「はい、長い時間はお邪魔しません。三十分前後で、そちらに行けると思います。では、後ほどお目にかかりましょう」

通話が終わった。

「組長の利根川は、愛人宅にいるんだな？」

郷力は問いかけた。

「ええ、そう言ってました。愛人宅は下落合《しもおちあい》二丁目にあるという話でした。ＪＲ目白駅から五、六百メートル離れた戸建てらしいんです」

「愛人の名は？」

「梨元《なしもと》未来《みらい》という名前だそうですが、表札には姓しか記《しる》されてないとのことでした」

「そうか。そっちも一緒に行ってもらうぞ」

「か、勘弁してくださいよ」

「そっちは弾除《たまよ》けだ。利根川は、どうせ護身銃を所持してるだろうからな」

「そ、そんな……」

荻がぼやいた。

郷力は立ち上がって、目顔で荻を促《うなが》した。荻が渋々、ベッドから腰を上げた。

二人は部屋を出て、エレベーターで一階に降りた。

郷力はマスターキーをフロントに返し、荻の背を押した。

荻は観念したらしく、ゆっくりと歩きだした。郷力は荻をレンタカーの助手席に坐らせ、目白に向かった。裏道を抜けて、山手通りに出る。

「組長の愛人宅の前まで行くから、そこで解放してくださいよ。それで、わたしはどこかに逃げます。東京にいたら、利根川組の若い衆に取っ捕まって、コンクリート詰めにされるかもしれませんからね」

「成り行きに任せよう」

「まいったな。わたし、まだ死にたくないんですよ」

「そんなことより、開発データを盗んだ夜、バイオ開発室に女性の研究員がひとり残ってたって話だったよな?」

「ええ」

「その彼女を強引に帰らせたんで、そっちは怪しまれたんじゃないのか?　何か手を打ったのか？」

「その同僚の女性スタッフに強力な誘眠剤を服《の》ませて、恥ずかしい姿をビデオに撮ろうと思ったんですが、そのチャンスはありませんでした」

「何かほかの手を打ったんだな。たとえば、第三者にその同僚女性を始末してくれと頼んだとかさ」

「そこまではやりませんでした。同僚の女性スタッフがわたしの不正の証拠を握ったとわかったら、この世から抹殺しなければと焦《あせ》るでしょうがね。しかし、まだ彼女はわたしが開発データを盗んだという確証を得た様子はうかがえないんですよ」

「そうか」

「その彼女、シングルマザーなんですよ。もし動かぬ証拠を押さえられたら、彼女の四歳の息子を引っさらって、こっちの不都合なことを誰にも喋れないようにしてやるつもりです」

「子供を殺すとでも脅すつもりなんだな？」

「ええ、まあ。シングルマザーだから、子供が生き甲斐《がい》になってると思うんですよ。きっと効果はあるはずです」

「そっちとは、どこかで会ってるような気がするな」

「そうですか」

「思い出したよ。寸又峡《すまたきょう》の大間ダムに出かけたとき、〝夢の吊橋〟の近くで会ったんだったな」

「寸又峡って、静岡のですか？」

「ああ。おれと会ってるよなっ」

「いいえ、会ってませんよ。誰かと勘違いしてるんでしょ？」

荻が怪訝《けげん》そうな顔つきになった。

郷力は、鎌をかけつづけることを断念した。山手通りを右折し、下落合の住宅街に入る。

やがて、目的の住宅に着いた。洒落《しゃれ》た二階家だった。庭木も多い。

郷力はレンタカーを利根川の愛人宅の生垣《いけがき》に寄せ、先に降りた。荻が少し遅れてクラウンから出てきた。

「そっちがインターフォンを押して、利根川と話をするんだ。いいな？」

「その前に煙草を一本喫《す》わせてください。緊張しちゃって、うまく組長と喋れない気がするんですよ」

「いいだろう」

「では、一服させてもらいます」

荻が上着のポケットに片手を突っ込んだ。次の瞬間、彼は急に走りだした。逃げるつもりらしい。

郷力は追った。荻の逃げ足は速《はや》かった。五、六十メートル追っても、追いつかない。それどころか、少しずつ引き離されていく。

荻がいなくても、利根川を締め上げることはできる。郷力は深追いはしなかった。

駆けることをやめたとき、走っていた荻の体が吹っ飛んだ。銃声は聞こえなかったが、被弾したことは間違いない。

郷力は、路上に倒れた荻に走り寄った。

横倒れに転がった荻は石のように動かない。頭部を撃ち抜かれていた。すでに荻は息絶えていた。銃口炎《マズル・フラッシュ》は見えなかった。荻は離れた場所から、狙撃《そげき》されたのだろう。

先夜、友季の命を狙った者が荻を射殺したのか。

郷力はグロック17の銃把《グリップ》に手を掛けながら、付近を駆け回った。しかし、不審者の姿は目に留《と》まらなかった。

郷力は、利根川の愛人宅に引き返した。

門扉《もんぴ》は低かった。郷力は内錠を外し、梨元宅に忍び込んだ。居間らしい部屋は明るい。レースとドレープのカーテンで塞《ふさ》がれ、室内の様子はわからなかった。

郷力はガラス戸を銃把《グリップ》の角で二度叩き、外壁にへばりついた。五、六秒待つと、サッシ戸が勢いよく開けられた。

「誰かいやがるのか？」

五十年配の浴衣《ゆかた》姿の男が首を突き出した。ひと目で筋者《すじもの》とわかる風体《ふうてい》だった。

「騒ぐな」

郷力はスライドを引き、グロック17の銃口を相手のこめかみに押し当てた。

「てめえ、どこの者《もん》なんだっ」

「おれは堅気だよ。あんた、利根川守だな」

「ああ。おれに何か用があるんだな？　早く用件を言いやがれ！」

組長が喚《わめ》いた。郷力は利根川の片腕を摑《つか》んで、室内に躍《おど》り込んだ。

広いリビングには二十七、八歳の浴衣を着た女がいた。利根川の愛人らしい女はリビングソファに腰かけ、西瓜《すいか》を食べていた。

郷力は後ろ手でサッシ戸を閉め、二枚のカーテンを横に引いた。部屋の中は、エアコンでほどよく冷えていた。

「あんたは、利根川の世話になってる梨元未来だな？」

郷力は浴衣姿の色っぽい女に話しかけた。

「ええ、そうよ。あんた、何者なの？」

「自己紹介は省《はぶ》かせてもらう。怪我したくなかったら、じっと坐っててくれ」

「利根川のパパの命奪《タマと》りに来たの？」

「おれは、やくざじゃないと言ったはずだ」

「そうだったわね」

未来が口を噤《つぐ》んだ。

「どこの誰か知らねえが、おれが関東桜仁会利根川組を張ってることを知ってて、ここに押し入ったのか？」

利根川が問いかけてきた。

「ああ、そうだ」

「いい度胸してるじゃねえか。で、おれになんの用なんでえ？」

「あんたは、『東都アグリ』の荻に高級果物の短期水耕栽培の新技術ノウハウの開発データを盗《ギ》らせたな。荻が職場から盗み出したUSBメモリーを受け取ったよな、奴の借金をチャラにしてやるってことで。それから、田中って代理人に謝礼の五百万をシティホテルのバーで荻に渡させたなっ」

「なんの話をしてやがるんだ⁉　荻のことはよく知ってるが、おれはそんなことはやらせちゃいねえ。それからな、田中って代理人なんて知らねえな」

「空とぼける気か」

郷力は薄く笑って、利根川の側頭部を銃把の角で強打した。骨が鳴った。

利根川が野太《のぶと》く唸《うな》りながら、シャギーマットの上に頽《くずお》れた。数秒後、組長が袂《たもと》の中から扇子《せんす》を取り出した。それは、扇子を模した小刀だった。

「若造がなめやがって」

利根川が膝《ひざ》を発条《ばね》にして、起き上がった。小刀が突き出された。

郷力はサイドステップを踏み、左のボディーブロウを放った。ふたたび利根川が膝から崩れた。

郷力は小刀を奪い、利根川の左肩に切っ先を埋めた。

利根川が歯を剝《む》いて、横に転がった。郷力は小刀を引き抜き、今度は組長の左の太腿《ふともも》に突き立てた。利根川が動物じみた唸り声を発した。唸りは長かった。

郷力は相手が闘志を剝き出しにすると、条件反射的に異常に荒ぶる。

全身の細胞がにわかに活気づき、筋肉という筋肉がむず痒《がゆ》くなる。血管が膨れ上がり、頭の芯《しん》が白く霞《かす》む。相手の出方次第では、殺意も芽生える。

「あんた、自分が何をしてるかわかってるの⁉　パパは組長なのよ」

未来が呆《あき》れ顔で言った。

「それがどうした？」

「あんた、絶対に殺されるわ」

「そうかい。そっちを巻き添えにする気はなかったんだが、おれの気分を害したから、少しお仕置きをしてやらないとな」

「あたしに何をさせる気なの⁉」

「パパの目の前で、おれの分身をくわえるんだ」

「正気なの⁉　パパは男稼業を張ってるのよ。面子《メンツ》を潰《つぶ》されたら……」

「早くこっちに来て、ひざまずくんだ」

「いやよ。あたし、そんなことできないわ」

「できるようにしてやる」

郷力は、いったん小刀を引き抜いた。すぐに利根川の脇腹に突き刺す。柄の近くまで埋まった。

利根川が体を縮め、痛みを訴えはじめた。郷力は小刀を抜き、リビングソファの背後に投げ捨てた。

「もうパパを刺さないで」

未来がソファから離れ、郷力の前に両膝をついた。そのとき、利根川が愛人に顔を向けた。

「おかしなことをするんじゃねえ。おれのことは心配するな」

「でも、言う通りにしなかったら、またパパは刺されるわ」

未来がそう言い、郷力のチノクロスパンツのファスナーを一気に引き下ろした。トランクスから陰茎《いんけい》を摑み出し、根元をリズミカルに握り込みはじめた。

「未来、やめるんだ。よさねえか、おい！」

「外野は黙ってろ」

郷力は銃口を利根川に向けた。利根川が郷力を睨《ね》めつけてから、目をつぶった。

未来がペニスをしごきながら、亀頭を口に含んだ。生温かい舌は巧《たく》みに閃《ひらめ》いた。

郷力は急激に昂《たか》まった。

「そっちは早とちりしてやがるんだ。おれは、荻にそんなことをさせた覚えはねえぞ」

「ということは、一千九百数十万円の金はまだ返してもらってないわけか？」

「ああ、そうだよ。荻は近いうちにカジノの借金を一括《いっかつ》返済する当てがあるって言ってたから、取り立《キリトリ》てをストップさせてたんだ。それから、カジノにも出入りすることを認めてやってたんだよ」

「少し前に、この家の近くで荻は何者かに射殺された」

「ほんとなのか⁉」

利根川が声を裏返らせた。

「てっきりあんたが腕っこきのスナイパーを雇ったと思ってたが、どうやら違うようだな」

「おれは無関係だ。荻の野郎は誰かを庇うため、このおれを悪者にしやがったんだろう」

「そうみたいだな。あんたを疑って悪かったよ。何か詫《わ》びをしないとな」

郷力は未来を突き飛ばし、体の向きを変えた。迸《ほとばし》った精液は、利根川の顔面をもろに汚した。

「うへえ、汚《きたね》え！」

「詫びのしるしだよ」

「ふざけやがって！　てめえ、ぶっ殺してやる」

利根川が吼《ほ》えた。

郷力は冷然と笑い、ハンカチで分身を拭《ぬぐ》いはじめた。

3

通夜の弔《とむら》い客は疎《まば》らだった。

郷力は、一昨日の夜に射殺された荻恵一の実家の近くに立っていた。

山梨県勝沼《かつぬま》の郊外だ。民家が飛び飛びに建ち、あちこちに畑が見える。

午後七時半過ぎだった。郷力はレンタカーを駆って、ここまでやってきたのだ。車は灰色のマークX《エックス》だった。

荻の遺体が司法解剖されたのは、きのうの午前中である。

被害者の頭部には、九ミリ弾の弾頭が残っていた。凶器はマカロフPbと断定された。ロシア製のサイレンサー・ピストルだ。

郷力は所轄の目白署にいる知り合いの刑事から、それらのことをマスコミ発表前に教えてもらった。そして、通夜の客をチェックしてみる気になったわけだ。

煙草に火を点けたとき、荻の実家の前に一台タクシーが停止した。

タクシーから降りたのは、『東都アグリ』のバイオ開発室の都築稔室長だった。花と供物《くもつ》を抱えている。故人の上司は沈んだ表情で、荻宅に入っていった。荻の同僚たちは同行していなかった。

被害者は、職場では浮いていたようだ。だからといって、同僚たちが弔問に訪れないとは妙である。義理は義理だろう。

郷力は一服すると、上着の内ポケットから携帯電話を取り出した。すぐに友季に電話をする。ワンコールで、通話可能になった。

「不審者の影はないね？」

「ええ。翔太の身辺にも怪しい人物は出現してないわ」

「そうか。実はおれ、荻恵一の実家のすぐ近くにいるんだ」

「そうなの。まさか荻さんが殺されるとは思ってなかったから、いまも信じられない気持ちよ」

「だろうな。それはそうと、ほんの少し前に都築室長が通夜に訪れたんだ。たったひとりでね。荻は職場で疎《うと》まれてたということだったが、同僚のひとりが死んだんだぜ。なぜバイオ開発室の仲間たちは誰も弔問しようとしないんだい？　そのことがなんか引っかかったんで、きみに電話をしたんだ」

「そうなの。わたしたち研究スタッフ仲間は、荻さんの通夜か告別式のどっちかには列席しようと話し合ってたのよ。だけど、室長が自分だけ弔問すれば、それで充分だと強く主張したの」

「なんで、そう言い張ったのかな？」

「都築室長は、荻さんのことを裏切り者だからと……」

「その話をもっと詳しく話してくれないか」

「わかったわ。室長の話によると、荻さんは『東都アグリ』とはライバル関係にある『光陽フーズ』に移る気でいたらしいの」

友季が言った。

「そうだとしたら、殺された荻恵一は新技術のノウハウを手土産にして、『光陽フーズ』に移る気だったのかもしれないな」

「都築室長も同じことを言ってたわ。それから、こんなことも言ってた。荻さんは今度の技術開発で後輩たちに先を越されてしまったんで、面目《めんもく》丸潰れと感じてライバル会社に移る気になったんじゃないかと」

「なるほどな」

「開発データを手土産にすれば、荻さんは『光陽フーズ』で厚遇されるわよね？」

「だろうな。室長は、例の開発データは荻がかっぱらったと思ってるわけだ？」

「はっきりとは言わなかったけど、そう思ってるようだったわ。それだから、部下のわたしたちに荻さんの弔問はするなと言ったんでしょうね」

「そうなんだろうな」

「恭輔さん、遺族には会ってみたの？」

「これから会おうと思ってるんだ。ところで、室長と荻は何かで仲違《なかたが》いしてたのかい？」

「わたしの知る限り、そういうことはなかったわ。むしろ、二人は親しかったんじゃないかな。荻さんは毎年、室長の自宅に新年の挨拶《あいさつ》に行ってたみたいなの」

「荻恵一のほかに、そういうことをしてた研究員は？」

「ほかには誰もいないはずよ。昔の勤め人は上司に新年の挨拶をしてたらしいけど、いまは時代が違うでしょ？」

「そうだな。都築にしてみれば、荻がライバル会社に移る気でいることを知って、飼い犬に手を咬《か》まれたような気がしたんだろう」

「ええ、そうなんでしょうね。だからといって、部下たちに荻さんの弔《とむら》いは必要ないと言うのも大人げないと思うけど」

「それだけ荻に対する憎しみが強いってことだろうな。何かわかったら、連絡するよ」

郷力は携帯電話を折り畳み、マークXの運転席に入った。

荻宅の前に無線タクシーが横づけされたのは、三十数分後だった。

少し経《た》つと、都築が姿を見せた。慌《あわ》ただしく後部座席に乗り込んだ。

タクシーが走り去った。都築は東京に舞い戻るつもりなのだろう。

郷力はレンタカーを降り、荻の実家に足を向けた。

玄関前には、葬儀社の従業員たちが立っていた。二人だった。片方は五十代で、もうひとりは三十二、三歳に見える。

郷力は現職の刑事を装い、中年の男性に遺族に取り次《つ》いでほしいと頼んだ。若い従業員が家の中に入っていった。

待つほどもなく郷力は玄関脇の応接室に通された。そこには、六十七、八歳の男が待っていた。故人の父親だった。

「このたびは、ご愁傷《しゅうしょう》さまです」

郷力は型通《かたどお》りの挨拶をして、荻の父と向かい合った。

「恵一を東京の大学に行かせなければ、こんなことにはならなかったんでしょうがね。息子は将来、家業のワイン造りをやってくれることになってたんですよ。恵一の妹が教員と一緒になったんで、ここにはわたしたち夫婦しかいなかったんでね。しかし、跡取り息子が死んでしまったんです。わたしは死ぬまで隠居生活はできなくなりましたよ」

「お辛いでしょうが、頑張ってください。手短に聞き込みを済ませますんで、どうかご協力ください」

「わかりました」

「早速ですが、息子さんが歌舞伎町の違法カジノに通ってたことはご存じなかったでしょうね？」

「恵一が違法カジノに出入りしてたですって⁉」

「そうなんですよ。その秘密カジノを仕切ってるのは広域暴力団の二次団体なんです。組の名は利根川組というんですが、恵一さんは胴元に二千万円近い借金があったんですよ。そのほかサラ金からも数百万借りてました」

「ギャンブル好きなことは知ってましたが、息子にそんな借金があるとは思ってもみませんでした。驚きました」

「ご存じなかったということは、利根川組やサラ金がこちらに押しかけて、息子さんの借金を肩代わりしてくれと迫ったりはしてなかったんですね？」

「はい。そういうことは、ただの一度もありませんでした。それにしても、恵一の奴はすっかり堕落してしまったんだな」

荻の父親が長嘆息《ちょうたんそく》した。

「恵一さんは、利根川組の組長には近々、借りた金を一括返済できそうだと言ってたらしいんですよ。息子さんから、生前贈与してくれと言われたことは？」

「ありません」

「そうですか。息子さんには何か当てがあったんだと思うんですよ。暴力団の組長にその場限りの言い逃れなど通用しないことは百も承知だったでしょうから」

「そうですよね。恵一は、どこで金を工面《くめん》するつもりだったんだろうか」

「息子さんは『東都アグリ』とはライバル関係にある『光陽フーズ』という食品会社に移る気でいたようなんですよ」

「その話も初耳ですね。刑事さん、その話はどなたから？」

「バイオ開発室の都築室長です」

「都築さんは少し前に弔問してくださったんですが、そんなことは一言もおっしゃらなかったな」

「お取り込み中だったからでしょう。それはそうと、息子さんが最後に帰省《きせい》されたのはいつです？」

「今年は一月二日の夜に戻ってきて、四日の夕方には東京に戻りました。それ以来、恵一は実家《こ こ》には顔を出していません」

「そうですか。こちら宛《あて》に息子さんが郵便物を送られたことはあります？　たとえば、書留小包とか」

「いいえ、そうした物が送られてきたことはありませんね。息子は何か法に触《ふ》れるようなことでもしてたんでしょうか？」

「まだ断定的なことは申し上げられませんが、息子さんは職場から開発データを盗み出したかもしれないんです」

　郷力はそう前置きして、詳しい話をした。

「高級果物が短期で量産できるなんて、夢のような話ですね。その技術特許には、大変な価値があるんじゃないですか？」

「ええ、そうでしょうね。だから、息子さんは新技術のノウハウ資料を手土産にして、『光陽フーズ』に移る気でいたのかもしれません」

「警察は、息子の自宅マンションの捜索をしたと聞いてますが……」

「ええ。目白署と本庁捜査一課が『梅ヶ丘レジデンス』の三〇一号室を検《しら》べさせてもらいました。しかし、開発データの類《たぐい》は何も見つからなかったんですよ」

郷力は平然と言った。知り合いの現職刑事から仕入れた情報だった。

「仮に恵一が新技術のデータを盗み出したんだとしたら、それを誰かに横奪《よこど》りされたのかもしれないな」

「たとえば、『東都アグリ』のライバル会社の『光陽フーズ』とか？」

「ええ、そうですね。『光陽フーズ』は好条件の引き抜き話で恵一を釣って、『東都アグリ』が開発した技術を盗み出させたのかもしれませんよ。そのことが表沙汰になったら、まずいことになる。だから、『光陽フーズ』は殺し屋を雇って恵一を始末させたのではないんだろうか」

「『光陽フーズ』が息子さんに開発データを盗むよう指示したとは考えにくいな」

「どうしてです？」

「そんなことをしたら、自殺行為でしょ？『東都アグリ』が開発した新技術に何かを加味して特許を取得しても、バイオ食品業界の人間なら、怪しむはずですよ。『光陽フーズ』は信用を失って、年商もダウンしてしまうでしょう」

「そうですね。となると、恵一が独自の判断で開発データを盗み出したことになるんだろうか」

「そうと決まったわけじゃありませんよ。息子さんが誰かに唆《そそのか》されて、特許申請直前の新技術データを盗んだとも考えられます。しかし、光陽フーズが唆したんではないでしょうね」

「どちらにしても、恵一が開発データを盗み出した疑いはあるわけですね？」

「ええ、まあ」

「ギャンブルにのめり込んだりしたから、こんなに早く亡くなることになったんですよ。ばかな倅《せがれ》だ」

　荻の父が声を湿らせ、下を向いた。これ以上粘《ねば》っても、収穫はなさそうだ。

　郷力は荻宅を辞去し、レンタカーに乗り込んだ。中央高速道路の勝沼ＩＣに向かう。県道を数キロ走ったとき、パーリーブラウンのエスティマがマークＸを強引に追い抜いて行く手を阻《はば》んだ。

　郷力はパニックブレーキをかけた。

　タイヤが軋《きし》み、体がのめった。辛《かろ》うじて衝突は避けられた。エスティマから、三人の男が降りてきた。揃《そろ》って殺気立っていた。

　二人は拳銃を手にしている。エスティマのナンバープレートを見る。練馬ナンバーだった。利根川組の組員だろう。

郷力はレンタカーのギアをＲ《リヴァース》レンジに入れ、アクセルを踏み込んだ。二十メートルほどバックし、すぐさま前進する。男のひとりがヘッドライトの光の中に浮かんだ。行く手に立ち塞《ふさ》がり、拳銃を両手保持で構えている。

銃弾が放たれた。

弾《たま》は屋根《ルーフ》を掠《かす》めた。郷力は頭を低くして、さらに加速した。

数秒後、衝撃を感じた。撥《は》ねた男はフロントグリルに腹這《はらば》いになって、ウインドーフレームに両手で必死にしがみついている。拳銃は握っていなかった。

郷力はエスティマを躱《かわ》すと、マークXを蛇行《だこう》運転させはじめた。

フロントグリルの上にいる男の体が左に右に傾いた。いまにも転げ落ちそうだったが、なんとか保《も》ちこたえている。郷力はレンタカーを直進させ、ハーフスピンさせた。ようやく男を振り落とすことができた。

郷力は車首をまっすぐにした。その直後、後方で銃声が轟《とどろ》いた。

近くに民家は見当たらない。右側は畑で、左側は雑木林だ。

リア・バンパーに着弾した。タイヤを撃ち抜かれたら、面倒なことになる。郷力はマークXを雑木林に寄せ、運転席から飛び出した。

中腰で林の中に走り入り、闇《やみ》を透《す》かして見る。

少し奥まった場所に、太い樫《かし》の木があった。横に張り出した枝もかなり太い。

郷力は、樫の巨木に駆け寄った。

よじ登り、太い枝の上に立つ。ベルトの下からグロック17を引き抜き、初弾を手早く薬室に送り込んだ。

二分ほど過ぎたころ、雑木林の中に二人の男が入ってきた。どちらも、ハンドガンを手にしている。暗くて型《タイプ》まではわからない。

「兄貴、懐中電灯を点けてもいいっすか？　足許が暗くて、よく見えないんすよ」

「てめえ、頭《ペテン》が悪いな。懐中電灯なんか点けたら、利根川の組長《オヤジ》を痛めつけた野郎にこっちの居場所を教えるようなもんじゃねえか」

「あっ、そうっすね」

「暴走族上《ゾク》がりは頼りにならねえな」

「兄貴、おれが逃げた奴をこのノーリンコ54で仕留《しと》めますよ、組長《オヤジ》さんに、野郎の生首を持ってこいって言ったんですよね？」

「ああ」

「兄貴は、野郎の首を搔《か》っ切ってください」

「血で手を汚したくねえな。タケシ、おれが野郎を撃《ハジ》くよ。おまえは首を切断しろ。

ついでに、マラもちょん斬《ぎ》ってやれ。組長《オヤジ》の愛人《レコ》は、野郎にくわえさせられたらしいからな」

「未来さんは、色っぽい唇してるっすからね。おれだって、しゃぶらせたくなっちゃいますよ。兄貴はどうっすか？」

「くだらねえこと言ってんじゃねえ！　野郎は、どこかに隠れてるはずだ。二手に別れて、挟み撃ちにしようや」

「わかりました」

男たちが沈黙した。郷力は足許の太い枝を踏みつけた。葉が鳴った。

二人の男が、ほぼ同時に視線を上げた。

郷力は無造作に引き金を二度絞った。男たちが相前後して倒れた。狙ったのは、腹部だった。二人が腹を押さえて、転げ回りはじめた。

郷力は樫の大木から滑り降り、男たちに近づいた。

兄貴分の男が焦って、落とした拳銃を手探《てさぐ》りした。郷力は踏み込むなり、相手の顔面を蹴った。

「てめえ、ぶっ殺すぞ！」

年下の男がほざいた。声が震えていた。

「もうひとりの仲間はどうした？」

「車から振り落とされて、のびちまったよ」

「そうかい。利根川に言っとけ。おれをしつこく追い回したら、切断したマラを口の中に突っ込むとな」

郷力は相手の顎《あご》を蹴り上げ、悠然と雑木林を出た。

すると、近くに利根川の愛人が立っていた。未来は全身をわななかせている。

「おれが荻の実家に顔を出すかもしれないとパトロンが言ったようだな？」

「そ、そうよ。お願いだから、あたしを撃たないで。あたし、あなたに逆《さか》らわないわ」

「それじゃ、服を脱げ！」

「青姦《あおかん》する気なのね？」

「そうだ」

郷力はうなずいた。未来が震えながら、衣服を脱いだ。ブラジャーとパンティーを取り、パンプスも脱ぐ。

「ナイスボディだな。せっかく裸になってもらったんだが、気が変わったんだ。悪いな」

郷力はグロック17の銃口を未来に向けた。

ほとんど同時に、未来は尿失禁していた。立ったままだった。恐怖に克《か》てなかったのだろう。未来が泣きながら、しゃがみ込んだ。

郷力は何事もなかったような顔で車道に出て、マークXに急いだ。

4

いかにも眠そうだ。

翔太は、さきほどから何度も欠伸《あくび》をしている。目も擦《こす》った。

郷力は腕時計を見た。午後十一時半を回っていた。目黒区八雲にある友季の自宅マンションだ。勝沼の荻宅を訪ねた帰りだった。

「もうベッドに入りなさい」

友季が息子に言った。

「でも、まだお客さんがいるもん。ぼくが寝たりしたら、郷力のおじさんに悪いよ」

「あら、生意気言ってるわ。翔太、眠いんでしょ？」

「うん、すっごくね」

「だったら、自分の部屋に行きなさい。」

「おじさん、それでもいいの？」

翔太が郷力に問いかけてきた。

「もちろんさ。遅い時間に訪ねてきて悪かったな。お母さんにどうしても話しておきたいことがあったんだ」

「ぼく、嬉《うれ》しかったよ。きょうは、お土産は貰えなかったけどね」

「山梨まで出かけたんで、マスカットのゼリーでも買うつもりだったが、まごまごしてるうちにお店が閉まっちゃったんだよ。ごめん！」

「気にしないで。おじさんがぼくんちに来てくれるだけで、嬉しいんだからさ」

「おじさんも翔太君と会えると、楽しい気分になるよ」

「そう」

「おじさんに遠慮しないで、もう寝たほうがいいな。明日も保育所に行くんだろ？」

「うん。それじゃ、ぼく、寝るね」

「ああ、お寝《やす》み！」

郷力は言った。翔太が椅子《いす》から滑り降り、奥の部屋に向かった。

友季が立ち上がり、愛息を追った。

翔太が寝入るまで、いつも彼女はそばにいてやっているようだ。郷力は仄々《ほのぼの》とした気持ちになった。

日本茶を飲み干したころ、友季が翔太の部屋から出てきた。

「よっぽど眠かったみたい。ほんの数分で、寝息をたてはじめたわ」

「勝沼でのことは電話で報告してもよかったんだが、なんとなくきみらのことが心配だったんでね」

「ありがとう」

「そろそろ引き揚げるよ」

「車なんだから、まだいいでしょ？　いま、お茶を淹《い》れ替えるから、ゆっくりしてって」

「それじゃ、もう少しだけ」

郷力は煙草をくわえた。友季が急須《きゅうす》を持って、シンクに歩み寄った。

一服し終えたとき、彼女がリビングに戻ってきた。二人分の緑茶を淹れ、郷力の前に坐った。

「さっきの話のつづきだけど、新技術のデータを盗み出したのは荻さんだったんでしょうね？」

「確証を摑んだわけじゃないが、そう考えてもいいだろうな。しかし、荻が盗んだ開発データを手土産にして、『光陽フーズ』に移ろうとしたのかどうか」

「荻さんのお父さんは、息子がライバル会社に移る気でいるなんて話は打ち明けられたことはないと言ってたのよね？」

「そう」

「でも、都築室長は荻さんが『東都アグリ』を辞める気でいたのではないかと言ったんでしょ？」

「そうなんだ。どちらの話が正しいのか判断は難しいところだが、荻は『光陽フーズ』の回し者に殺《や》られたんじゃない気がするな」

「荻さんは、外国のバイオ食品会社に『東都アグリ』が開発に成功した新技術を売る気だったんじゃないかしら？」

「それは考えられるな。国内の食品関係の会社に売ったりしたら、いずれアイディアの盗用は露見することになるだろう」

「ええ、そうね。もう何年も前の話だけど、オランダのチューリップ球根会社が花の色を自在に変えられる新技術の特許を取得したんだけど、それはドイツの種子会社の開発研究員が自分の会社から盗み出したノウハウとよく似てたの。でも、そっくり同じというわけじゃなかったんで、訴訟を起こしたドイツの種子会社は裁判に負けてしまったんだけどね」

「そうか。まったく同一のノウハウじゃなければ、特許申請は可能なわけだ」

「主要アイディアが特殊な場合は、盗用の疑いを持たれると思うわ。でも、技術開発者なら思いつくようなアイディアならば、パクリとは決めつけられないのよ」

「『東都アグリ』が開発した高級果物の短期量産の技術は、きわめて特異なものなのか？」

「画期的な新技術だけど、バイオ食品開発に携《たずさ》わっている研究員なら、いつかは思いつくでしょうね」

「それなら、国内の同業者には売れなくても、外国のバイオ食品会社なら、例の開発データは買ってくれそうだな」

「外国の企業なら、買い手は見つかるんじゃないかしら？」

「殺された荻は、利根川組の組長に近々、二千万近い借金を一括《いっかつ》返済できそうだと言ってたらしいんだ。そう言ったのは、すでに盗んだ開発データの買い手がついたからなんだろうな」

郷力は自分の推測を語った。

「ええ、そうなんでしょうね」

「『東都アグリ』は外国の同業者と情報交換なんかしてたのかな？」

「欧米の主要食品会社とは何らかの取引があるし、人の交流もあるの。だけど、『東都アグリ』が特定の外国企業と強く結びついてるなんてことはないはずよ。ビジネス上の接点はあっても、所詮《しょせん》はライバル同士なわけだから、どの企業も不用意に手の内を見せ合うことはないの」

「そうだろうな。荻は、外国の同業者たちの会合によく顔を出してたのか？」

「そうした会合には、もっぱら都築室長が出席してたの。多分、荻さんは一度も出席したことはないと思うわ」

「それなら、荻がかっぱらった開発データをダイレクトに外国の食品会社に売り込むことは無理だな」

「ええ、そうね。荻さんは誰かに橋渡しをしてもらったんじゃないのかしら？」

「そうなんだろうな。開発データの売り込みに、都築室長が一役買ったとは考えられないだろうか」

「室長は愛社精神が強いから、『東都アグリ』の企業イメージを落とすようなことはしないと思うな」

「そうか。しかし、都築は室長のポストには就《つ》いてるが、技術開発で大きな手柄を立てたわけじゃないって話だったよな？」

「ええ、それはね。だけど、室長は気が小さいから、大胆なことはできないはずよ」

「刑事時代にベテランの先輩に教えられたことなんだが、犯罪者の大多数は小心者だから、疑心暗鬼に陥ったり、自暴自棄《じぼうじき》になってしまうんだってさ。実際、その通りなんだろうな」

「恭輔さんは都築室長を怪しんでるみたいね？　室長が荻さんと結託《けったく》して、例の開発データを盗んだと考えてるの？」

「そこまで疑ってるわけじゃないんだが、都築の言動に引っかかるものを感じてるんだ。あの男は荻を裏切り者と極《き》めつけて、バイオ開発室のスタッフたちに故人の弔問をする必要はないという意味のことを言ったんだったよな？」

「ええ」

「事実、都築は自分ひとりで荻の通夜に顔を出した」

「そうね。室長の様子は、どんなふうだったの？」

友季が問いかけてきた。

「悲しみの色は見えなかったな。亡骸《なきがら》と対面したときに涙を流した痕跡《こんせき》もなかったよ」

「そうなの。亡くなったのは自分の身内や親友じゃなくても、部下のひとりだったわけだから、少しぐらいは涙ぐみそうだけどな」

「悲しみに打ちひしがれてるような感じじゃなかったね。義理で仕方なく弔問したという印象だったよ」

「そうなの」

「意地の悪い見方をすれば、都築は部下の荻をうまく利用して、非情に斬《き》り捨てたとも考えられる」

「つまり、室長が荻さんを唆《そそのか》して例の開発データを盗ませ、それをまんまとせしめたってことね？」

「ああ。都築なら、横奪《よこど》りした新技術のデータを外国の食品関連会社に売ることができそうだからな」

「そうなんだけど、別に室長は会社で肩叩きに遭《あ》ったわけじゃないのよ。年収だって、一千七、八百万はあると思うわ」

「都築が早期退職を促《うなが》されることはないかもしれない。しかし、大きな点数を稼いでるわけではないから、『東都アグリ』で重役まで出世することは難しいだろう」

「ええ、それはね」

「しかし、問題の開発データを手土産にすれば、外国企業の幹部として迎えられるかもしれない。そこまでは無理だとしても、例の新技術ノウハウは退職金の数十倍の値段で売れるだろう」

「恭輔さんの推理にケチをつける気はないんだけど、都築室長はそこまで大胆なことはできないと思うわ。せいぜい荻さんを焚《た》きつけて、開発データを盗ませることぐらいしかできないんじゃないかしら？」

「そうだとすれば、都築の背後に黒幕がいそうだな」

「ええ、その可能性はありそうね」

「そいつは、いったい何者なんだろうか」

郷力は腕を組んだ。

それから間もなく、卓上で友季のスマートフォンが打ち震えた。友季が不安顔で、ディスプレイを覗《のぞ》き込んだ。正体不明の敵からの電話なのか。郷力も緊張した。

「石堂専務からよ」

友季が小声で告げ、携帯電話を耳に当てた。すぐに彼女の顔から血の気が引きはじめた。目も潤《うる》んでいた。

新津光明が永遠の眠りについたのかもしれない。郷力は、そう直感した。

「後のことはよろしくお願いします」

友季がスマートフォンを折り畳み、瞼《まぶた》を閉じた。涙の雫《しずく》が頬《ほお》を滑り落ち、顎《あご》の先から滴《したた》った。

「ホスピスに入院中の彼が亡くなったんだね？」

郷力は訊いた。

「ええ。十数分前に息を引き取ったらしいの。安らかな死顔だったそうよ。覚悟はしてたんだけど、やっぱり、辛《つら》いわ」

「泣きたいだけ泣けよ」

「ええ」

友季が嗚咽《おえつ》を洩らしはじめた。

郷力は黙って立ち上がり、友季の背後に回った。後ろから、無言で肩を抱く。

そのとたん、友季が号泣《ごうきゅう》しはじめた。震える肩とうねる背中が痛々しい。

友季は、ひとしきり泣きじゃくった。翔太は熟睡しているのか、自分の部屋から出てこなかった。

「恭輔さん、弔《とむら》い酒をつき合ってくれる？」

「ああ、いいよ。きみは坐ってていい。おれが酒の用意をするから」

郷力は友季から離れ、サイドボードに歩み寄った。ブランデーのボトルと二つのグラスを取り出して、テーブルに戻る。

二人は並んで腰かけ、ブランデーのグラスを黙々と重ねた。

「恭輔さん、わたし、しばらくショックで立ち直れないかもしれないわ」

友季が四杯目のブランデーを呷《あお》ると、郷力に縋《すが》りついてきた。

「当分、辛いだろうな。しかし、きみは翔太君の母親なんだ。いつまでもめそついてたら、母親失格だぜ」

「ええ、そうね。でも、今夜は……」

「涙が涸《か》れるまで泣けばいいさ」

郷力は友季の肩を両腕で包み込んだ。次の瞬間、友季が子供のように泣きだした。

言葉は無力だ。どう慰めたところで、友季の悲しみはすぐには消えないだろう。

郷力は両腕に力を込めた。

第五章　意外な共犯者

1

車を駐車場に入れた。

世田谷区岡本町《おかもとちょう》にあるセレモニーホールだ。会館内では、新津光明の通夜《つや》が営まれている。

郷力は上体を捻《ひね》った。マークXの後部座席には、友季と翔太が並んでいる。翔太の父親が亡くなった翌日の午後六時半過ぎである。

「わたしたち母子が通夜に顔を出すのは、やはり社会的には許されないことなんでしょうね」

友季が言った。黒いフォーマルスーツが肌の白さを際立《きわだ》たせている。

「まだ迷ってるようだな」

「ええ。わたしが本妻だったとしたら、やはり夫の愛人だった女には弔問してほしくないと思うもの」

「だったら、このまま八雲のマンションに引き返そうか？」

「待って。やっぱり、新津光明とお別れしてくるわ」

「あっ、その名前知ってるよ。ぼくのパパだよね？」

翔太が母親に確かめた。

「ええ、そうよ。翔太には嘘《うそ》をついてたけど、あなたのお父さんは生きてたの」

「ほんとなの⁉」

「そうよ。でもね、きのうの夜、死んでしまったの。それでね、いま、このセレモニーホールで通夜が執《と》り行われてるのよ」

「通夜って？」

「亡くなった人をみんなで偲《しの》んでるの」

「よくわかんないけど、この建物の中にパパの死体があるんだね？」

「ええ、そうよ。もう柩《ひつぎ》に納められてるはずよ」

「ぼく、車の中で待ってる。だって、死んだ人を見るのはなんかおっかないもん。化けて出てくることもあるんでしょ？」

「この世に、お化けなんかいないのよ。明日、翔太のお父さんは火葬されてお骨になってしまうの。お父さんには、もう翔太の姿は見えなくなってしまったのよ。でも、形のあるうちにお別れしておかないと、大人になったときに残念だと思うんじゃないかな？」

「ぼく、死体なんか見たくない。ママだけ行ってきなよ」

「なんてことを言うの！　亡くなったのは、翔太のお父さんなのよっ」

「そう言われてもさ、ぼく、新津光明って人に会ったこともないから、別にお別れなんかする必要ないよ」

「なんて子なの」

友季が眉根を寄せた。

「翔太君の言い分、わかるな。きみの気持ちも理解できるが、無理強《じ》いするのはまずいんじゃないか」

郷力は会話に割り込んだ。

「でも、翔太はもう四歳なのよ」

「いや、まだ四歳さ。会ったこともない父親の死を悲しめというのは、ちょっと一方的だと思うな」

「そうかしら？」

「とりあえず、きみだけ焼香してこいよ。おれたちは車の中で待ってる」

「わかったわ。そうします」

友季がレンタカーを降りた。駐車場はセレモニーホールの正面玄関の横にある。

友季が会館の中に消えた。

「おじさん、ぼくは変な子？」

翔太が訊《き》いた。

「そんなことはないさ」

「でも、ママを怒らせちゃったみたいだから」

「別段、怒ってやしないよ。ただ、翔太君のお父さんが焼かれてしまったら、姿かたちが見えなくなっちゃうよな？　だから、お母さんは翔太君に父親と対面させたかったんだと思うよ」

「だけど、死人なんか見たくないよ。なんか気味悪いもん」

「おじさんも子供のころは、そうだったよ」

「そうなの。ぼくだけ弱虫だと思ってたけど、おじさんもそうだったんだ？」

「ああ。大きくなれば、だんだん死人を畏《おそ》れる気持ちは薄れてくる。だから、気にすることはないんだ」

「わかった。でも、パパのことは好きじゃない」

「なぜだい？」

「パパは、ママとちゃんと結婚しなかったんでしょ？　ちゃんと奥さんがいたんだよね？　そういうのはよくないよ。なんか変だ」

「世の中は、なかなか思い通りにならないんだよ。新津さんは奥さんよりも翔太君のお母さんのことがずっと好きだったと思うんだ。だけどね、いったん結婚したら、簡単には奥さんと別れることができないんだよ」

「そうなの。だけど、ぼくはやっぱりパパのことは好きになれないな。だってさ、一度もぼくに会いに来てくれなかったんだよ」

「それには、ちょっと事情があったんだ。お母さんは翔太君をひとりで育てようと決心してたんで、お父さんとは別れてしまったんだよ。お父さんの奥さんのことを思い遣《や》ってね」

「ぼくがこの世に生まれたことは、いけないことなの？」

「そんなふうに僻《ひが》んじゃ駄目だな。どんな子だって、必ず誰かに祝福されて生まれてきたんだ。きみのお父さんだって、すごく喜んだはずさ」

「そうかな？　そのほうが嬉しいけど、ぼくはママの子だよ。ママがいてくれるだけでいいんだ」

「そうか」

郷力は、もう何も言えなかった。下手に励《はげ》ましたら、翔太はさらに傷つくだろう。

車内を重苦しい沈黙が支配した。

そのすぐ後、セレモニーホールの表玄関から石堂専務が走り出てきた。何か問題が起こったらしい。

「ちょっと待っててくれないか」

郷力は翔太に言って、急いでレンタカーを出た。石堂が郷力の姿に気づき、駆け寄ってくる。

「どうしたんです？」

郷力は先に口を開いた。

「困ったことになりました。一階と二階の間にある踊り場で社長夫人と瀬戸友季さんが鉢合わせをしてしまって、押し問答をしてるんですよ」

「新津氏の奥さんは、友季さんが夫の亡骸《なきがら》と対面することを拒《こば》んだんですね？」

「ええ、そうです。未亡人は、焼香もしてもらいたくないと言い募《つの》ってるんですよ」

「そうなのか」

「取引先の方たちも大勢いらっしゃってるんで、ひとまず瀬戸さんにはお引き取りいただいたほうがいいのではと思ったんですが、いかがでしょう?」

石堂は困惑顔だった。

「そのほうがいいかもしれませんね」

「納骨が済みましたら、瀬戸さんが故人の墓参をできるよう取り計らいますんで、きょうのところは……」

「わかりました」

郷力はセレモニーホールのロビーに走り入った。

階段とエレベーターホールは左側にあった。友季と瑠美は、一階と二階の間にある踊り場で向かい合っていた。

「せめてお焼香だけでもさせてください」

「どこまで図々しいのよ。勝手に新津の子供を産んで、強引に翔太って子を認知させたんでしょ!」

「奥さん、それは違うんです。彼のほうが進んで翔太を実子として認知してくれたんです」

「どうだか。新津が多少の資産に恵まれてたから、遺産も当てにしてたんじゃない？」

「わたしを侮辱《ぶじょく》しないでください」

「何よ、偉そうに。あんたはね、泥棒猫でしょうが！」

「奥さんには済まないと思っています」

「そう思ってるんだったら、さっさと帰りなさいよ」

瑠美が言い放ち、二階に駆け上がった。

その直後、友季が体をふらつかせた。めまいに襲われたのか。友季は手摺《てすり》に摑《つか》まり損《そこ》ねて、階段から転げ落ちた。一瞬の出来事だった。

郷力は、階段下に倒れた友季に駆け寄った。肩を揺さぶって、大声で呼びかける。

しかし、なんの反応もなかった。

どうやら友季は脳挫傷《のうざしょう》を負って、意識を失ってしまったようだ。

「急いで救急車を呼んでください」

郷力は石堂専務に頼んだ。石堂が大きくうなずき、懐から携帯電話を取り出した。

セレモニーホールの従業員やロビーに居合わせた男女が集まってきた。郷力は、友季のスカートの乱れを手早く直した。

「一一九番しました」

石堂が告げた。

「ありがとうございました。救急車にはわたしが乗り込みますんで、あなたはマークXを運転してほしいんです」

「わかりました」

「車の中には、翔太君がいるんですよ」

「それじゃ、社長の息子さんと救急車を追います」

「お願いします」

郷力は頭を下げた。石堂が慌《あわ》ただしく駐車場に向かった。

救急車が到着したのは、十数分後だった。

二人の救急隊員が担架《たんか》に友季を乗せ、速《すみ》やかに救急車の中に運び入れた。郷力は同乗した。救急隊員は怪我人の身許と事故の状況を訊《き》いてから、心拍数や血圧を測りはじめた。郷力は友季の名を呼びつづけた。だが、やはり返答はなかった。

救急車はサイレンを派手に鳴らしているが、意外に走るスピードは遅い。郷力は焦《じ》れた。しかし、道路が渋滞している。思うようには進めなかった。

世田谷区内の救急病院に着いたのは、およそ二十分後だった。

友季はストレッチャーに乗せられ、ただちに集中治療室《ICU》に運び込まれた。郷力は集中治療室の近くに腰かけた。

このまま友季の意識が戻らなかったら、翔太はどうなってしまうのか。母親の実家に引き取られることになるのだろうか。友季は、親の反対を押し切る形でシングルマザーになったと聞いている。彼女の父母が快《こころよ》く翔太の面倒を見てくれるだろうか。翔太が母方の祖父母に大事にされなかったら、自分が親代わりになってもいい。もちろん、友季の息子がそれを望むならの話だ。

数分が経過したころ、石堂が翔太を伴ってやってきた。

「おじさん、ママは階段から落ちたんだって？」

翔太は半べそをかいていた。

「そうなんだ。頭を打ったみたいで、気を失ってるんだよ。でもね、どこかを骨折してる様子はなかったから、そのうち意識を取り戻すさ」

「ほんとに？　ママ、死なないでしょ？」

「死ぬもんか」

「そうだよね。ママは弱っちくないから、死んだりしないと思う」

「ああ、大丈夫さ。坐れよ、ここに」

郷力はベンチを掌《てのひら》で叩《たた》いた。

翔太が郷力のかたわらに坐った。郷力は立ち上がって、石堂に顔を向けた。

「ご迷惑をかけました。セレモニーホールに戻らなければならないんでしょ？　わたしが借りてるレンタカーを使ってください」

「いいえ、タクシーを利用します。それより、わたしの家でしばらく翔太君を預かりましょうか？　あるいは、家内を瀬戸さん宅に出向かせてもかまいませんが」

「翔太君の面倒は、わたしが見ますよ。友季さんが退院するまで、八雲のマンションに泊まり込んでもいいですし」

「そのほうがいいかもしれませんね。翔太君は、あなたに懐《なつ》いてるようだからな。もう少ししたら、わたしは通夜の会場に戻らせてもらいます」

「どうぞセレモニーホールにお戻りになってください。こちらは、わたしがきちんとやりますから」

「それでは、そうさせてもらいます」

石堂がマークXの鍵《キー》を差し出した。

郷力は車のキーを受け取り、石堂を見送った。ベンチに坐り、翔太の小さな肩に片腕を回す。

集中治療室《ICU》から、四十四、五歳の救急医が現われたのは午後九時過ぎだった。

やはり、友季は脳挫傷を負っていた。頭蓋骨《ずがいこつ》に約一センチの穴を開け、血を抜いて傷口はきれいに縫合《ほうごう》したという。

しかし、神経の多くは麻痺《まひ》したままだそうだ。意識が蘇《よみがえ》る可能性はあるらしいが、その時期がいつなのか予測はできないという話だった。

友季はベッドごと集中治療室から三階の個室に移された。郷力は担当の看護師に友季の知人であることを明かし、翔太とともに病室に留《とど》まった。

「ママ、早く目を覚ましてよ」

翔太が母親に涙声で呼びかけつづけた。頭部を繃帯《ほうたい》で覆われた友季は、規則正しい寝息を刻んでいる。

翔太は諦《あきら》め、ベッドサイドの椅子《いす》に腰かけた。それから間もなく、居眠りをはじめた。郷力は翔太を両腕で抱き上げ、そっと病室を出た。エレベーターで一階に降り、駐《と》めてあるレンタカーの後部座席に友季の息子を横たわらせた。

すぐ病院に引き返す。友季の病室に戻ると、外国人の女がベッドの際《きわ》に立っていた。南米系の顔立ちで、二十七、八歳だった。

不審な女は、白い樹脂製の紐《ひも》を隠し持っていた。タイラップという商品名で呼ばれている結束バンドだ。本来は電線の工具を束《たば》ねるときに用《もち》いられている。その強度は針金並だ。そんなことで外国の犯罪者たちは手錠代わりに使ったり、絞殺具として利用している。

「ここで何をしてるんだっ」

郷力は、怪しい外国人女性の片腕を掴んだ。すると、相手がたどたどしい日本語を操《あやつ》った。

「わたし、部屋、間違えた」

「タイラップを使って、ベッドで寝てる女の首を絞めるつもりだったんじゃないのかっ」

「それ、正しくない。わたし、真面目なコロンビア人ね」

「名前は？」

「カテリーナね」

「殺しの依頼人は誰なんだ？」

郷力は鋭い目を尖《とが》らせた。

カテリーナと名乗った女がスペイン語で何かまくし立てた。郷力はカテリーナを捻《ひね》り倒した。カテリーナのミニスカートの裾《すそ》が捲《めく》れ上がった。黒いスキャンティーが露《あらわ》になった。

郷力はグロック17を引き抜き、片膝《かたひざ》を床に落とした。銃口をカテリーナの左胸に押し当てる。

「あなた、勘違いしてるね。わたし、誰も殺そうとなんかしてないよ。お金は嫌いじゃない。だけど、お金のために人殺しなんかしないね。わたし、カトリックの信者よ。いつも神に見られてる。だから、悪いことはしてないよ」

「オーバーステイなんだろ?」

「それは……」

「日本に不法残留してることも悪いことだぜ」

「それは仕方ないね。コロンビアで真面目に働いても、ちゃんと暮らせない。だから、日本のラテンパブで働いてた。でも、二十五過ぎてから、わたし、人気なくなった。店のオーナー、わたしにお客さんとホテルに行けと言った」

「売春で喰《く》ってるわけか」

「それ、違う。わたし、体は売ってないよ。日本人の彼氏がいるから、売春なんかできないね」

「その男に頼まれて、瀬戸友季を殺しにきたんだな？」

「………」

「肯定《こうてい》の沈黙ってやつだな」

「わたし、ほんとに病室を間違えただけ」

「床に落ちてるタイラップで、そっちの首を絞めてやろうか」

「それ、困るよ。わたし、死にたくないね。どうすれば、ここから出してくれる？」

「雇い主の名を吐いたら、勘弁してやろう」

「あなた、誤解してるよ」

　カテリーナが膝を立て、右手を尻《しり》の下に滑り込ませた。

　黒い煽情的《せんじょうてき》なスキャンティーを一気に引き下げ、片足を抜いた。足首に絡《から》まったレースの黒いスキャンティーはなんとも煽情《せんじょう》的だった。

　繁みは濃かった。性器は、かなり黒ずんでいる。花弁は驚くほど大きい。

「だいぶ使い込んでるな」

「でも、わたしの体、きゅっと締まるね。彼氏がそう言ってた」

「そいつの名を言うんだっ」

「言えないよ、それ」

「だったら、仕方ないな」

郷力はカテリーナの合わせ目を押し拡《ひろ》げ、グロック17の銃身の先を浅く突っ込んだ。

カテリーナが痛みを訴える。照準《サイト》が柔らかな襞《ひだ》を傷つけたのだろう。

「あなた、どうする気なの⁉」

「殺しの依頼人《クライアント》の名を白状しなかったら、引き金を絞る。派手に腸《はらわた》が飛び散るだろうな」

郷力は威《おど》した。

と、カテリーナがスペイン語で何か喚《わめ》き散らしはじめた。大声だった。郷力は上体を前に倒し、左手でカテリーナの頬《ほお》を力一杯に挟みつけた。

じきに彼女の顎《あご》の関節は外れた。カテリーナは体を左右に振って、苦しげに唸《うな》りつづけた。

「テンカウントしたら、撃つぞ」

郷力は告げて、数《かず》を数えはじめた。

8《エイト》までカウントしたとき、カテリーナが平手で床を叩いた。

郷力は銃身を引き抜き、カテリーナの顎の関節を元に戻した。カテリーナが長く息を吐いた。豊満な乳房は大きく上下に弾んでいる。

「やっと喋《しゃべ》る気になったらしいな。誰に頼まれたんだ？」

「わたしの彼氏の名前、都築さんね」

「『東都アグリ』のバイオ開発室の都築室長のことだな？」

「そう、そうね。彼、わたしがいた『マキラド』ってお店に三年前から来てた。日本人の男たち、コロンビア人のホステスを軽く見てる。だけど、都築さんはいつも紳士的だったね。だから、わたし、彼のこと、とっても好きになった」

「都築は、なぜ瀬戸友季を殺そうと考えたんだ？」

「その理由、彼は言わなかったね。でも、彼の部下が瀬戸友季という女に弱みを握られたようだと言ってた」

「その部下の名前は荻恵一だな？」

郷力は確かめた。

「都築さん、そこまでは言わなかったね。だけど、その部下と友季は邪魔者だと言ってた。わたし、都築さんには大事にされてる。だから、頼まれたこと、どうしても断れなかった」

「それにしても、よく人殺しを引き受けたな。コロンビアで、軍隊か警察にいたのか？」

「わたし、十代のころ、ゲリラ組織の女兵士だったね。だから、殺人テクニックや拷《ごう》問《もん》の仕方も知ってる」

「都築は誰かに瀬戸友季の息子を誘拐させ、彼女を寸又峡に誘《おび》き出して殺し屋《プロ》に狙撃《そげき》させようとしたな？」

「そのこと、わたし、知らないよ。嘘じゃないね。ほかに知ってるのは、都築さんが早期退職して、知り合いとバイオ食品関係の会社を共同経営することになってたことだけね」

カテリーナが言って、上半身を起こした。

「都築はどこかで待機してるのか？」

「この病院の近くの車の中で待ってるはずね」

「パンティーをちゃんと穿《は》いて、立つんだ」

郷力はカテリーナから少し離れた。カテリーナが尻を落としたままで、器用に黒いスキャンティーを引っ張り上げた。

郷力はカテリーナを摑み起こし、病室から連れ出した。エレベーターで一階に降り、表に出る。

「都築のいる場所まで案内しろ。逃げたら、シュートするからな」

「わたし、もう逃げないよ。命のスペアはないね。だから、あなたに逆《さか》らわない」

「いい心がけだ」

「こっちね」

カテリーナが言って、救急病院の左側の暗がりに向かって歩き出した。

郷力は進みながら、目を凝《こ》らした。数十メートル先に白っぽいクラウンが見える。

「都築の車はクラウンだな？」

「うん、そうね。暗くてよく見えないけど、彼は運転席にいると思う」

「そっちには、おれの楯《たて》になってもらう。都築が死にもの狂いで反撃してくるかもしれないからな」

「わたし、ほんとに逃げないよ」

カテリーナが言った。観念した顔つきだった。

クラウンに達した。郷力は警戒しながら、車内をうかがった。

都築は助手席側に倒れ込んでいた。ぴくりとも動かない。アイドリング音が響いている。エアコンも作動していた。

郷力は運転席側のドアを開けた。

濃い血臭が鼻腔《びくう》を撲《う》った。郷力はルームランプを点けた。

都築は頭部を撃ち抜かれていた。血糊《ちのり》は、まだ凝固《ぎょうこ》していない。射殺されてから、それほど時間は経過していないようだ。

クラウンのパワーウインドーは無傷だ。

犯人は運転席側のドアを開けてから、犯行に及んだにちがいない。

都築は無防備にドアを開けさせたのか。そうだとしたら、加害者は都築とは顔見知りだったのだろう。

これまでの状況から察して、問題の開発データを荻恵一に盗ませたのは都築と思われる。都築は何者かに利用価値のなくなった荻を始末させ、友季の口も封じさせようとしたのだろう。しかし、その試《こころ》みは二度とも失敗に終わった。

都築とバイオ食品会社を共同経営することになっていた人物は、いったい何者なのか。その謎の人物が画期的な新技術のデータを独り占めする気になったようだ。

「そっちの彼氏は射殺されちまったよ」

郷力はカテリーナに言って、身を翻《ひるがえ》した。

2

冷凍の海老《えび》フライが揚《あ》がった。

郷力は、翔太の弁当箱にウインナーと卵焼きを詰めた。すでにご飯は入れてある。レタスの上に揚げたての海老フライを二本置き、小さなプラスチック容器に入ったソースを添えた。

郷力は腕時計に視線を落とした。午前八時三分前だった。

友季の自宅マンションだ。都築が何者かに射殺された翌日である。前夜、郷力はここに泊まったのだ。

「おじさん、ぼく、きょうは保育所に行かない」

背後で、翔太が言った。

郷力は振り返った。翔太は、まだパジャマ姿だった。

「さっき制服に着替えろって言ったよな？」

「そのことは忘れてないよ。でも、保育所には行きたくないんだ。だってさ、ママのことが心配だから」

「お母さんのことは心配ないよ。きっと意識を取り戻すさ」

「おじさんは、お医者さんじゃないよね。なのにさ、どうしてそんなことが言えるの？」

「神さまが翔太君のお母さんの味方してくれるはずだと思ってるからだよ。お母さんは、きみを育てる責任があるんだ。残念ながら、きみのお父さんは亡くなってしまったよな？」

「うん」

「神さまは、そのこともちゃんと知ってるんだよ。だから、絶対にお母さんを早く退院できるようにしてくれるさ」

「そうなの」

「だから、きみはいつも通りに元気に保育所に行ってもいいんだよ。お母さんだって、そうしてほしいと願ってるだろう」

「そうかな。それなら、ぼく、ちゃんと保育所に行くよ」

「そうか。いい子だ。お弁当も一応、こしらえたから、お昼に食べてくれ」

「わかった。ぼく、制服に着替えてくる」

「その前にトイレに行ったほうがいいんじゃないのか？」

郷力は言った。翔太が素直にうなずき、手洗いに駆け込んだ。

保育所のバスは、毎朝八時十五分ごろに自宅前に迎えに来るらしい。郷力は弁当箱の蓋《ふた》をして、アップリケの付いた弁当袋に入れた。

換気扇を回しながら、一服する。短くなった煙草の火を消したとき、トイレから翔太が現われた。友季の愛息はあたふたと自分の部屋に駆け込んだ。少し待つと、制服姿で出てきた。

郷力は黄色いバッグに弁当を入れ、ハンカチとポケットティッシュの有無《うむ》を確認した。

「これで忘れ物はないよな？」

「うん。おじさん、ママが退院するまで、ぼくんちにずっといてくれる？」

「そのつもりだが、いつも翔太君のそばにはいられないんだ。おじさん、やらなきゃならないことがあるんだよ」

「ぼく、ママを産んだお祖母《ばあ》ちゃんのことはあまり好きじゃないんだ」

「どうしてだい？」

「だってさ、お祖母ちゃんはいつもママに文句ばかり言うんだ。それにね、ぼくのこともあんまりかわいがってくれないんだよ。だから、お祖母ちゃんをここに呼んだりしないで」

「わかった。何かいい方法を考えるよ。さ、外でバスを待とう」

「うん」

翔太が玄関ホールに走った。郷力は翔太の後《あと》から部屋を出た。

数分待つと、迎えのバスがやってきた。郷力は保育所の先生に友季が入院中であることを告げ、翔太をバスに乗せた。

マイクロバスを見送ってから、部屋に戻る。

郷力はインスタントコーヒーを啜《すす》りながら、菓子パンを頬張りはじめた。どちらも昨夜、近くのコンビニエンスストアで買い求めたものだった。

郷力は腹ごしらえをすると、ノートパソコンに向かった。ベビーシッターの派遣所《はけんじょ》を検索してみたが、対象児は三歳以下と限られていた。

家政婦派遣所を検索すると、同じ目黒区内に数カ所あった。最も近い派遣所に電話をかけ、年配の女性所長に事情を話す。

二時間以内に家政婦を派遣してもらえることになった。

郷力は、ひと安心した。都築射殺事件を扱っている所轄署の刑事課に旧知のベテラン捜査員がいた。倉持功《くらもちいさお》という名で、五十四歳だった。

郷力は、倉持に電話をかけた。

「昨夜《ゆうべ》、管内で『東都アグリ』のバイオ開発室の都築室長が射殺されましたよね？」

「ああ。おまえさんの知り合いなのか？」

「ええ、ちょっとしたね。倉持さんも臨場《りんじょう》したんでしょ？」

「もちろんだ。被害者は、大型拳銃で至近距離から頭部を撃ち抜かれてた」

「現場に遺留品《リュウ》は？」

「都築の車のそばに、薬莢《やっきょう》が一つだけ落ちてたよ。車体からは犯人の指紋も掌紋《しょうもん》も検出されなかった」

「凶器は断定されたのかな？」

「ライフリングマークから、ブローニング・アームズBMDとわかったんだ」

「そいつは、確かアメリカのブローニング・アームズ社が開発した大型ピストルだったな」

「そう、その通りだ。大型拳銃だから、かなりの銃声がするはずなんだが、ピストルの音に気づいた者がいないんだよ。おおかた犯人は消音器を使ったんだろうな」

「あるいは、銃身にスポーツタオルでも巻いていたのかもしれませんね。手首まで袋掛《バギング》けしてたら、薬莢は現場に遺《のこ》さないはずですから」

「そうだね。いずれにしても、手口は殺し屋《プロ》っぽいな」

「ええ。噂《うわさ》によると、都築は近々、会社を辞めて独立するという話だったな」

「その話は、きのうの夜、夫人から聞いたよ」

「そうですか。独立を巡って、勤務先で何かトラブルがあったのかな」

「おまえさん、おれに探《さぐ》りを入れてるんじゃないのか？」

倉持が怪しんだ。

「何を言い出すんです⁉ おれは、もう民間人ですよ。殺人事件に興味を持っても、捜査権がないわけだから、動きようがないでしょうが」

「ああ、それはな。しかし、刑事だった者には死ぬまで猟犬の血が流れてるもんだ。おれが世話になった七十一歳の退職刑事は年金暮らしをしながら、いまも興味を持った凶悪犯罪の捜査を趣味でやってる。おまえさんも、そうなんじゃないの？」

「おれはフリーで調査関係の仕事を細々とやってるんです。そんな余裕なんてないですよ、時間的にも金銭的にもね」

「それでも、猟犬の血が騒ぐもんじゃないのか。おれが定年退職したら、大先輩と同じように個人的に事件を調べてみる気になるかもしれない」

「こっちは喰《く》うことで精一杯ですよ」

「おまえさん、弁護士事務所や探偵社から回ってくる調査の仕事をやってるんだろう？」

「ええ、まあ」

郷力は肯定するような答え方をした。まさか裏便利屋として、時に非合法な手段を用いているとは言えない。

「フリーじゃ、収入が不安定だよな」

「そうですね」

「おれと警察学校で同期だった男が、大手警備保障会社の重役になったんだ。なんだったら、おまえさんをそいつに紹介してもいいがね」

「せっかくですが、結構です。おれは組織の中で生きることが下手なほうなんで、マイペースで暮らしたいんですよ」

「それも、一つの生き方だ。たった一度の人生なんだから、好きなように生きればいいさ。機会があったら、そのうち酒でも飲もうや」

倉持が電話を切った。

郷力は倉持からもう少し手がかりを得られるかもしれないと密《ひそ》かに期待していたのだが、そう甘くはなかった。それでも、都築を射殺した犯人が殺し屋らしいと確認できただけでも無駄ではなかっただろう。

家政婦が部屋を訪れたのは、午前九時四十分ごろだ。

五十年配で、明るい感じだった。加納智子《かのうともこ》という名で、夫は十年以上も前に交通事故死してしまったらしい。ひとり娘は、すでに嫁いでいるという話だ。

郷力は智子に事情を話し、翔太の世話を頼んだ。智子は郷力とバトンタッチするまで翔太の面倒を見ることを約束してくれた。

「差し当たって、洗濯を済ませます。その後は掃除をして、お買物をしましょう。それから、翔太君の保育所にお迎えに行きますよ」

「よろしくお願いします」

郷力は必要な生活費とスペアキーを智子に渡し、ほどなく部屋を出た。

レンタカーに乗り込み、友季の入院先に向かう。二十分そこそこで、救急病院に着いた。

郷力は友季の病室に急いだ。

ベッドに横たわった友季は意識を失ったままだった。新津光明の告別式は、もう執《と》り行われているのではないか。

結局、友季は翔太の父親の亡骸《なきがら》とは対面できなかった。不運だったのか。それとも、そういう結果になったほうが友季にとってはよかったのか。

新津の変わり果てた姿を直《じか》に見てしまったら、悲しみはいつまでも尾を曳《ひ》くのではないか。その結果、友季は翔太と二人で力強く生きていく気力もなくしてしまうかもしれない。

翔太のためには、こうなったほうがよかったとも思えてきた。だが、このまま友季の意識が何年も戻らなかったら、それはそれで痛ましい。

翔太の父親代わりを務めることはできる。そのことを厭《いと》う気持ちもない。

しかし、それで翔太の不安や寂しさを消せるものだろうか。健やかな母親の存在が何よりも大きいにちがいない。

郷力は、友季の意識が早く蘇《よみがえ》ることを切に願った。友季の手を取り、しばらく甲を撫《な》でつづける。肌の温《ぬく》もりは伝わってきたが、反応はまるでなかった。

小一時間が経《た》ってから、郷力は病室を出た。

エレベーターで地下一階に下り、売店で友季のパジャマや下着を買い求める。パジャマは五組、パンティーは十枚だった。郷力は大きなビニール袋を抱えて、最上階の病室に戻った。

すると、白衣をまとった男が枕許に立っていた。担当医だろう。郷力は、そう思った。

男が慌《あわ》てた様子で、何か丸めた。それは、半透明の生ゴムシートだった。

「その生ゴムシートは何なのかな。何に使うんです？」

郷力は白衣の男に声をかけた。相手は何も答えない。

「その生ゴムシートで眠ってる女の顔面を覆って、窒息死させようとしたんじゃないのかっ」

「だとしたら、どうだと言うんだい？」

「やっぱり、殺し屋だったか」

郷力はベルトの下に手をやりかけて、動きを止めた。グロック17はレンタカーのグローブボックスの中に入れたままだった。

相手の男は何か凶器を持っているにちがいない。そう思いつつも、郷力は少しもたじろがなかった。

パジャマと下着が入ったビニール袋を不審者の後頭部に投げつける。相手がよろけた。郷力は白衣の男に体当たりする気になった。助走をつけはじめたとき、相手が体を反転させた。

次の瞬間、男の手許から乳白色の噴霧《ふんむ》が迸《ほとばし》った。

刺激臭が強い。瞳孔《どうこう》がちくちくと痛み、目を開けていられなくなった。涙も出てきた。どうやら催涙《さいるい》スプレーで噴霧を撒《ま》かれたようだ。

郷力は棒立ちになった。

数秒後、睾丸《こうがん》を蹴《け》られた。避《さ》けようがなかった。息が詰まった。郷力は呻《うめ》きながら、その場にうずくまった。

相手が逃げる気配が伝わってきた。

郷力は両腕で怪しい男の両脚を掬《すく》った。相手が横倒れに転がった。郷力は素早く半身を起こし、不審者に右フックを浴びせた。

瞼《まぶた》は閉じたままだ。パンチは相手の顎に当たった。そのすぐ後、郷力は横蹴りを受けてしまった。

強烈な蹴りだった。郷力はベッドの下まで飛ばされた。

相手が跳《は》ね起きた。視認したわけではない。気配で感じ取ったのだ。

ひとまず逃げる気になったらしい。

郷力は立ち上がり、両腕で噴霧を振り払った。男を追う。郷力は病室を出て、無理に目を押し開いた。

白衣を着た怪しい男の姿は掻《か》き消えていた。左手に非常口がある。ドアは閉まった状態で、警報アラームも鳴っていない。

不審者はナースステーションの前を抜け、エレベーターに乗り込んだのか。そうではなく、階段を駆け降りたのだろうか。

郷力はエレベーターで一階まで下り、外に走り出た。

救急病院の周りを駆け巡ってみたが、怪しい男はどこにもいなかった。

友季を個室に入れておくと、また命を狙われるかもしれない、郷力は院内の戻り、看護師長に面会を求めた。経緯《いきさつ》を伝え、すぐさま友季を四人部屋に移してくれるよう頼む。申し入れは受け入れられた。

郷力は友季が同じ階の相部屋に移されたのを見届けてから、マークXに乗り込んだ。テレビ局の報道記者を装って『東都アグリ』に電話をかけ、都築の自宅の住所を聞き出す。板橋区赤塚《あかつか》七丁目だった。

郷力はレンタカーで、板橋区に向かった。

殺された都築の自宅を探し当てたのは、およそ五十分後だった。

都築の自宅は住宅街の一画にあった。総二階家で、外壁はモルタル塗りだった。敷地は五十坪前後だろうか。

郷力は警察車輛《しゃりょう》が都築宅近くに停まっているかどうか目で確かめた。パトカーや覆面パトカーのナンバーには、たいていサ行かナ行の平仮名が頭に付いている。さ、し、す、せ、その付いたナンバーは一台も見当たらなかった。

郷力はレンタカーを降り、都築宅に歩み寄った。

インターフォンを鳴らすと、若い男の声で応答があった。殺された都築の息子だった。郷力は警視庁捜査一課の殺人犯捜査係員になりすまし、未亡人に取り次いでほしいと頼んだ。少し待つと、玄関のドアが開いた。

姿を見せたのは、都築の妻だった。泣き腫《は》らした目が痛ましかった。目の縁《ふち》は黒い。

「どうぞこちらに」

「失礼します」

郷力は門扉《もんぴ》を押し開け、ポーチの前まで進んだ。

「このたびはとんだことで……」

「地元の警察の方たちに知っていることはお話ししましたけど」

「少しばかり追加の確認をさせてほしいことがあるんですよ。亡くなられたご主人は、近く独立される予定だったそうですね？」

「はい。大学時代の先輩の方と九州の大分でバイオ食品会社を立ち上げる準備をしてたんです」

「その方のお名前は？」

「吉見潤《よしみじゅん》さんです。都築よりも二つ年上のはずです。吉見さんは別府温泉の『よしみ屋』という老舗《しにせ》旅館の三代目社長なんですけど、本業の将来性に明るい材料がないとかで、転業する気になったようですね」

「そうですか。『東都アグリ』のバイオ開発室は、二カ月ほど前に高級果物の短期水耕栽培の新技術の開発に成功したんでしょ？」

「ええ、その技術開発は主人が主に手がけたと聞いています」

「都築さんがですか」

「ええ、そうです。ですけど、会社はあまり主人を評価してくれなかったようなんです。それで、夫は吉見さんとバイオ食品会社を共同経営する気になったんですよ」

「独立される気になられたのは、いつごろなんです？」

「画期的な技術開発に成功して数日経ったころ、たまたま吉見さんが商用で上京されたんですよ。夫は吉見さんと銀座の小料理屋で落ち合った後、わが家にお連れしたんです」

「そのとき、ご主人は大学の先輩の吉見さんに新技術のことを話されたんだろうな」

「ええ、そうなんです。それで、主人と吉見さんはバイオ食品会社を設立しようと思い立ったようです」

「ということは、都築さんは『東都アグリ』の開発データを持ち出す形で退社する気だったんですかね？」

「わたしもそんな気がして、亡くなった夫に確かめたことがあるんですよ。そうしましたら、主人は世話になった『東都アグリ』にそういうことは絶対にしないと怒った口調で言いました」

未亡人がいったん言葉を切って、すぐに言い継《つ》いだ。

「詳しいことは教えてくれませんでしたが、主人は新技術を上回るノウハウを思いついたんだと言ってました。その技術特許を取って、外国企業から特許使用料を払ってもらうんだと……」

「そうなれば、莫大《ばくだい》な特許使用料が立ち上げた会社に入ったんだろうな」

「そうだと思います。訃報《ふほう》を知った吉見さんが電話をくださったんですけど、あの方も残念がっていました。吉見さんは、『東都アグリ』が主人を独立させたくなくて、汚い手を使ったのではないかと言ってました」

「つまり、『東都アグリ』が殺し屋を雇って、都築さんを始末させたのではないかってことですね？」

「はい。そうです。わたしは会社がそんなギャングめいたことをするわけないと思ったんですけど、吉見さんは何か確信ありげでしたよ」

「そうですか。ところで、ご主人は部下の荻恵一氏とは親しかったんだろうか」

「夫は、荻さんには目をかけてたと思います。荻さんをよく自宅に招《よ》んでましたからね。ただ、荻さんが亡くなったときはそれほどショックを受けた様子はありませんでした。意外な気がしたんですが、何かで意見がぶつかり合ってたのかもしれませんね」

「そうなんだろうか。それはそうと、もう都築さんの司法解剖は終わってると思うんだが、まだ亡骸はこちらに搬送《はんそう》されてないんですか？」

「ええ、間もなく運ばれてくると思うんですけどね」

「そうですか。ご焼香をさせてもらうつもりだったんだが、それじゃ、出直すことにします」

郷力は一礼し、都築宅を辞去した。

吉見という男が例の開発データを独り占めしたくなって、殺し屋に都築を殺害させた疑いが濃い。明日にでも、大分の別府温泉に行ってみたほうがよさそうだ。

郷力はそう考えながら、レンタカーに歩み寄った。

3

想像以上に寂《さび》れていた。

大分県の別府温泉である。温泉街には活気がなかった。観光客の姿も疎《まば》らだ。

郷力は温泉街を大股《おおまた》で歩いていた。大分空港からタクシーに乗り、別府温泉にやってきたのである。午後二時過ぎだった。

老舗旅館『よしみ屋』は、温泉街のほぼ中央にあった。

木造の三階建てが本館で、その横に八階建ての新館が建っている。新館はモダンな設計だが、本館とはアンバランスだった。

郷力は本館の玄関に足を踏み入れた。

すると、四十代後半の着物姿の女が姿を見せた。和服は安物ではなかった。三代目社長の妻だろうか。

「いらっしゃいませ。お泊まりでしょうか？」

「客じゃないです。三代目社長の吉見潤さんにお目にかかりたいんですよ」

「わたし、吉見の家内です。早苗《さなえ》といいます。失礼ですが、どなたさまでしょう？」

「『東都アグリ』に勤めてた都築さんの飲み友達です。都築さんとは新宿のラテンパブでよく顔を合わせてたんですよ」

郷力は、でまかせを言った。

「そうですの」

「申し遅れましたが、鈴木一郎《すずきいちろう》です。フリーの週刊誌記者をやってます。それで都築さんの事件に個人的に関心を持ちまして、ちょっと調べてみる気になったんですよ」

「都築さんが亡くなられたなんて、いまも信じられない気持ちです。とってもいい方でしたのにね」

「あなたのご主人と都築さんは、バイオ食品会社を立ち上げることになってたとか？」

「そうなんですよ。都築さんが『東都アグリ』を退職される前に発足会社の役員に名を連《つら》ねるのはまずいということで、吉見が『大分フーズ』という会社を設立したんです」

「それは知らなかったな」

「吉見は旅館経営はわたしに任せるからと申して、先月の一日《いっぴ》から『大分フーズ』のオフィスに詰めてるんですよ」

「オフィスはどこにあるんです？」

「立ち上げたバイオ食品会社のパンフレットがありますんで、差し上げましょう」

吉見早苗がそう言い、フロントの中に入った。彼女は少しも怪しんでいない様子だ。

郷力は、ほくそ笑《え》んだ。

じきに吉見の妻が戻ってきた。郷力はパンフレットを受け取った。

フロントページに代表取締役社長の吉見潤の顔写真が掲《かか》げられ、挨拶文が添えられている。次の頁《ページ》には、高級果物の短期水耕栽培の効用や事業計画が書かれていた。オフィスは湯布院《ゆふいん》にあった。

「夫は、吉見は『東都アグリ』が誰かに都築さんを射殺させたにちがいないと怯《おび》えはじめてるんです」

「どういうことなんです？」

「吉見の話によると、都築さんは高級果物の新技術を開発したらしいんですよ。しかし、会社はそれほど高く評価してくれなかったようなんです。それだから、都築さんは吉見とバイオ食品会社を共同経営する気になったみたいですね」

「そうだったのか」

郷力は話を合わせた。

『東都アグリ』は都築さんが開発した新技術のノウハウが流出することを防ぐため、バイオ開発室室長を……」

「ご主人は新技術のことを都築さんからいろいろ聞いてたんで、そのうち自分も殺されるかもしれないと怯えてるわけか」

「そうなんですよ」

「『東都アグリ』は有名企業です。殺し屋に都築さんを殺害させるとは思えないがな」

「でも、新技術は何十億円もの価値があるらしいんですよ。だから、技術開発者が流出することを喰《く》い止めないと、それこそ死活問題になります」

「それで、どうしても退社したがってた都築さんを殺し屋か誰かに始末させたってことか」

「わたしはともかく、夫はそう考えてるようです」

吉見の妻が言って、さりげなく壁掛け時計に目をやった。何かしなければならないことがあるようだ。

郷力は礼を述べ、老舗旅館を出た。

そのとき、脇道に走り入る人影に気づいた。ベテラン刑事の倉持功だった。電話で都築の事件のことで探《さぐ》りを入れたことが裏目に出たようだ。

郷力は尾行に気づかなかった振りをして、百メートルほど自然に歩いた。そして、不意に脇道に入る。郷力は同時に全力で疾走し、幾度も路地を折れた。

走りながら、後方を振り返る。倉持の姿は目に留《と》まらなかった。

郷力は温泉街を大きく迂回《うかい》し、国道二一〇号線に出た。少し先にレンタカー会社の営業所があった。

郷力はオフブラックのスカイラインを借り、湯布院に向かった。国道を数十分走ると、人気の高い温泉街に着いた。

別府温泉とは違って、湯布院には落ち着いた趣《おもむき》があった。

観光化が進んでいるにもかかわらず、しっとりとしたたたずまいだ。女性のリピーター客が多いこともうなずける。

目的の『大分フーズ』は、湯布院の旅館街を見渡せる丘の上にあった。北欧住宅を想《おも》わせる社屋で、とてもオフィスには見えない。一見、別荘風だ。

郷力はレンタカーを林道の奥に駐《と》め、『大分フーズ』に引き返した。

柵《さく》を跨《また》いで、敷地の中に忍び込む。家屋《かおく》の中央のあたりに広いテラスがあった。郷力は姿勢を低くして、少しずつテラスに近づいた。屈《かが》み込んで、ガラス戸越しに家の中をうかがう。

応接ソファに三人の男が腰かけていた。

ひとりは吉見だ。パンフレットの写真よりも、いくらか老《ふ》けて見える。

吉見は、二人の白人男性と談笑していた。片方は三十代の後半で、髪は栗色だ。もうひとりは四十二、三歳だろう。金髪だった。

二人の外国人は、バイオ食品会社の関係者なのか。そうだとしたら、吉見は都築が荻に盗ませた例の開発データを外国企業に売る気にちがいない。

郷力はテラスに上がって、さらに家屋に近づく気になった。

そのとき、『大分フーズ』の敷地内に薄茶のワンボックスカーが入ってきた。郷力は物陰に隠れた。

ワンボックスカーの車体には、ケータリング・サービス会社の名が入っていた。どうやら吉見は出張料理人をオフィスに呼び、二人の来客に食事を振る舞うつもりらしい。ワンボックスカーから、三人の男が出てきた。彼らは食材の入った大型クーラーや調理道具を次々に『大分フーズ』に運び入れた。

郷力はいったんレンタカーの中に戻った。

夕方まで時間を潰《つぶ》し、ふたたび『大分フーズ』に接近する。

二人の白人男性はそれぞれバンケットガールらしい日本人の女の肩を抱き、シャンパンを傾けていた。ソファセットの向こう側の大きな食卓には、さまざまな料理が並んでいる。シャンパンやワインのボトルも載《の》っていた。

外国人の男たちに寄り添っている二人の女は、ともにセクシーだった。高級娼婦なのかもしれない。

吉見が二人の白人にセックスパートナーを提供する気だとしたら、もう商談は成立したと考えてもいいだろう。盗まれた開発データには、いくらの値が付いたのか。十億円以下ということはないだろう。

やがて、夜になった。

『大分フーズ』の車寄せに黒塗りのハイヤーが滑り込んできたのは、午後八時過ぎだった。

二人の外国人がバンケットガールたちと一緒にハイヤーに乗り込んだ。吉見はポーチに立ち、笑顔で手を振っている。

郷力は急いで『大分フーズ』の敷地から出て、レンタカーのある場所に走った。

スカイラインに乗り込み、林道を下る。吉見のオフィスの手前に達したとき、黒塗りのハイヤーが走り出てきた。

郷力は充分に間《ま》を取ってから、ハイヤーを追尾《ついび》しはじめた。

ハイヤーは湯布院から熊本県に入り、阿蘇山《あそさん》の裾野を走って宮崎県の高千穂町《たかちほ》に達した。高千穂町役場の前を通り抜け、高千穂峡《きょう》の近くにある和風旅館に横づけされた。

V字形の深い谷が見所《みどころ》の高千穂峡は溶岩台地で、約七キロにわたって柱状節理《ちゅうじょうせつり》の断《だん》崖《がい》がつづいている。奇岩も多い。断崖を流れ落ちる滝はダイナミックだ。

四人の男女はハイヤーを降りると、和風旅館の玄関に入った。

ハイヤーが走り去った。

郷力はレンタカーを少し離れた場所に停め、車内に二十分ほど留《とど》まった。それからスカイラインを降り、和風旅館に足を向けた。

帳場には、六十二、三歳の男がいた。旅館の主人だろう。

郷力は警視庁の刑事の振りをした。やはり、男は旅館のオーナーだった。

「数十分前にチェックインした二人の外国人男性のことを教えてほしいんだ」

「アメリカ人のお客さん、何か悪いことをしたんですか?」

「いや、そうじゃないんだ。ある事件を立証するための聞き込みなんですよ」

「お二人はニュージャージー州にある『ミラクル』というバイオ食品会社の社員です」

「やっぱり、そうか。で、名前は?」

「若いほうの方がジョージ・マッカランさんで、金髪の方がサム・モリスンさんですよ」

「二人のどちらかが予約したのかな？」

「いいえ。予約されたのは、別府の『よしみ屋』という老舗旅館の三代目社長の吉見潤という方です。吉見さんとは旧知の仲なんですよ、わたし」

「そう」

「大事なお客さんなんで、少しばかり羽目を外してもやって大目に見てほしいと吉見さんに言われてたんで、エスコートガールを連れ込んでも見ぬ振りをしてるんです」

「きょうは彼らの貸し切りなのかな？」

「ええ、そうです。お好きな部屋をお使いくださいと言ってあるんです。少し前に四人は露天風呂に入られたようですよ」

「それじゃ、一時間ぐらいしたら、また来ます」

郷力は和風旅館を出た。

暗がりで五分ほど時間を稼ぎ、旅館の塀《へい》を乗り越えた。露天風呂は植え込みの向こうにあった。二人のアメリカ人は、湯の中でそれぞれ同伴した女と戯《たわむ》れていた。

郷力はグロック17を右手に握り、露天風呂に接近した。

栗毛のジョージ・マッカランが郷力に気づいた。アメリカ英語で何か喚《わめ》き、勢いよく立ち上がった。ピンクがかった分身は反《そ》り返っている。

「四人とも騒ぐな！」

郷力は拳銃のスライドを引き、右手を左右に振った。

「何者なの？」

女のひとりが問いかけてきた。

「警視庁の者だ」

「嘘でしょ⁉」

「売春容疑で逮捕《パク》られたくなかったら、仲間と一緒に消えるんだな」

郷力は言って、模造警察手帳をちらりと見せた。

裸の女たちが目でうなずき合って、あたふたと露天風呂から上がった。どちらも、乳房も股間《こかん》も隠そうとしなかった。二人は脱衣所に駆け込んだ。

「われわれは商用で日本に来たんだ。何も罪なんか犯してないぞ」

金髪のサム・モリスンがゆっくりと英語で言った。いつの間にか、マッカランは肩まで湯に浸《つ》かっていた。

「おたくらは『ミラクル』の社員たちだな？」

郷力はブロークン・イングリッシュで確かめた。先に口を開いたのは、モリスンだった。

「なぜ、知ってるんだ⁉」

「撃たれたくなかったら、おれの質問にストレートに答えろ」

「わかったよ。その通りだ」

「吉見から高級果物の短期水耕栽培の技術ノウハウを買ったな？」

「なんの話なんだね？」

「空とぼけてると、おたくらに男根《コック》をしゃぶらせっこさせるぞ。それとも急所を外して、数発ずつ撃ち込んでやってもいいな」

「どちらもノーサンキューだ」

「だったら、正直に喋るんだな」

「そう言われても、知らないものは答えようがないじゃないか」

「粘るな。ジョージ・マッカランは直属の部下なんだろ？」

「そうだ」

「なら、かわいい部下のナニをくわえてやれ」

「そ、そんなことはできない。わたしもジョージも性的にはノーマルだからな」

「部下の男根《コック》を口に含むのは屈辱的か。わかった、先に部下にしゃぶらせよう」

「ぼくだって、そんなことはできないっ。勘弁してくれよ」

栗毛のマッカランが哀願した。

「それなら、シュートするしかないな」

「あんたの言った通りだよ。『ミラクル』は、吉見さんから十五億円で画期的な開発データを買い取ったんだ。すでに金は払ってる。今回の来日目的は……」

「ジョージ、余計なことを言うな！」

サム・モリスンが部下を叱《しか》りつけた。マッカランが両手を大きく拡《ひろ》げ、肩を竦《すく》めた。

「来日の目的を言わなきゃ、そっちの頭はミンチになるぞ」

郷力は威《おど》し、引き金の遊びをぎりぎりまで絞り込んだ。

マッカランの青い瞳が恐怖で盛り上がった。まるでビー玉だ。頬も引き攣《つ》り、唇もわななないている。

「十字を切らなくてもいいのか？」

「撃つな！　吉見さんは凄腕《すごうで》のハッカーを雇って大手自動車メーカーと家電メーカーの不正の証拠を押さえさせ、別府市郊外にそれぞれの部品工場を設けさせるという約束を取りつけたらしいんだ。われわれはその話を聞いて、吉見さんが雇ってるハッカーに欧米のライバル会社が開発中の技術データを盗み出してくれようお願いにきたんだよ」

「そういうことか。『ミラクル』が吉見から十五億円で買った新技術のノウハウは、『東都アグリ』のバイオ開発室の若手研究者たちが考案したものだったんだ」

「えっ⁉　吉見さんは、大学の後輩の都築という男がひとりで開発した新技術だと言ってたが……」

「それは事実じゃない。『東都アグリ』のバイオ開発室室長だった都築は部下たちが開発した新技術を荻恵一という研究員に盗み出させて、それを横奪《よこど》りし、吉見とバイオ食品会社を共同経営する気でいたんだ」

「その話は間違いないのかね？」

モリスンが会話に割り込んだ。

「ほぼ間違いないだろう。都築が汚れ役を引き受けた荻を殺し屋に始末させたと推測してたんだが、その都築も何者かに射殺された。おそらく吉見が誰かに荻と都築を殺《や》らせたんだろうな。その前に、都築と吉見は共謀して、バイオ開発室の女性研究員の命を奪おうとした。その彼女は殺されずに済んだんだが、息子ともども怕《こわ》い目に遭《あ》ったんだ」

「あなたは、その女性研究員に何か借りがあるようだね？」

「昔、ちょっとな。だから、おれは主犯の吉見をどうしても追い込みたいんだよ。吉見におれのことを喋ったら、アメリカに出かけて、おたくら二人をシュートするぞ」

「うちの会社は、どうなるんだ？」

「吉見から買った開発データを『東都アグリ』に返してやれ。それから、吉見が抱えてる凄腕のハッカーに妙なことを頼んだら、『ミラクル』の存続は危《あや》うくなる。そのことを忘れるな」

「しかし、吉見さんがおとなしく十五億円を返してくれるかどうか」

「そんなこと知るかっ」

郷力はサム・モリスンを怒鳴《どな》りつけ、露天風呂から離れた。和風旅館の塀を乗り越え、レンタカーに駆け戻る。

郷力は来た道を逆戻りして、湯布院の『大分フーズ』に引き返した。

オフィスは暗かった。北欧風住宅の中に吉見が首謀者であることを裏付ける何かがあるかもしれない。郷力はそう思い、オフィスの中に忍び込む気になった。

ポーチに立ったとき、背後で乱れた足音が響いた。複数だった。

郷力は振り返った。

まともに顔に懐中電灯の光を浴びせられた。一瞬、何も見えなくなった。

郷力は額に小手《こて》を翳《かざ》した。石畳のアプローチに二人の男が立っていた。どちらも三十歳前後だ。風体《ふうたい》から察して、暴力団関係者だろう。

「こげな時間に、なんばしよっと？」

懐中電灯を手にしたオールバックの男が問いかけてきた。三白眼《さんぱくがん》で、凶暴な面相《めんそう》だ。

「田舎やくざだな」

「なめよってからに！　おいは九仁会岩瀬組《きゅうじんかいいわせぐみ》の卜部《うらべ》っちゅう者《もん》ばい」

「岩瀬組？　知らないな」

「九仁会は北九州一帯を仕切っとんぞ。岩瀬組は大分で最大の勢力ばい。知らんちゅうことはなかろうもん」

「おれは東京の人間なんでな。九州のヤー公のことは知らないんだよ」

郷力は、わざと二人組を挑発した。

案の定《じょう》、かたわらに立った丸刈りの男が殴りかかってきた。郷力は相手の右フックを左腕で払い、右のストレートを繰り出した。狙ったのは相手の眉間《みけん》だった。

ヒットした。丸刈りの男が後ろに引っくり返る。両脚が跳《は》ね上がり、靴底が見えた。

オールバックの男がいきり立ち、懐中電灯を振り回した。円《まる》い光輪《こうりん》がめまぐるしく闇を照らす。

郷力は薄く笑って、ステップインした。オールバックの男の肝臓《レバー》を叩く。男が唸《うな》りながら、しゃがみ込んだ。その手が腰の後ろに回された。

郷力はグロック17を引き抜き、無造作に発砲した。手首に反動《キック》が伝わってきた。

卜部が腹部を押さえながら、吹っ飛んだ。

丸刈りの男は跳ね起きると、一目散《いちもくさん》に逃げ去った。郷力は屈《かが》み込み、卜部の体を探《さぐ》った。腰の後ろに短刀を挟んでいた。

郷力は鞘《さや》ごと匕首《あいくち》を抜き取り、繁みの奥に投げ捨てた。

「吉見に頼まれた？」

「何も吐かんけんなっ」

「もう一発撃ってほしいようだな」

「やめちくれ！『よしみ屋』の三代目がオフィスをうかがってる男がいるけん、そん男を痛めつけて、正体ば突きとめてくれんかと組事務所に電話ばしてきたとよ。おたく、関東のやくざばい？」

「これでも一応、堅気だよ。吉見はどこにいるんだ？」

「わからんばい。多分、別府の自宅におるんやろ」

ト部は言い終わると、大仰《おおぎょう》に転げ回りはじめた。

「チンピラやくざが粋《いき》がると、怪我の因《もと》だぜ」

郷力は膝を伸ばし、拳銃をベルトの下に滑り込ませた。

4

陽《ひ》が高くなった。

もうじき午前十時だ。郷力はレンタカーの中から、吉見潤の自宅の門を注視していた。湯布院の『大分フーズ』の敷地内で地元のやくざを痛めつけた翌日だ。

吉見の自宅は、『よしみ屋』本館の真裏にある。料亭のような造りで、庭も広い。

前夜、郷力は湯布院から別府に戻った。だが、吉見は旅館にも自宅にもいなかった。『ミラクル』のサム・モリスンに身近に危険が迫っていることを電話で教えられ、昨晩は他所《よそ》に泊まったのだろう。

そうだったとしても、そろそろ吉見は自宅に戻ってくるのではないか。郷力は、そう読んでいた。

それにしても、なんだか腰が痛い。全身の筋肉が強張《こわば》っていた。徹夜の張り込みは久しぶりだった。陽射《ひざ》しが瞳孔を刺す。郷力は顔をしかめながら、煙草に火を点けた。

そのとき、五人の男がスカイラインを取り囲んだ。揃《そろ》って柄が悪い。岩瀬組の組員たちだろう。殺気立っていた。

兄貴分らしい男がレンタカーの真ん前に立ち、懐からマカロフを取り出した。

郷力はギアをDレンジ《ドライブ》に入れ、体を傾けた。そのまま彼はくわえ煙草で、アクセルを踏み込んだ。

衝撃が伝わってきた。ロシア製の拳銃を持った男の体が宙《ちゅう》を舞い、道端に落ちた。

郷力はルームミラーを仰《あお》いだ。

後ろに三人の男が立っている。郷力は、スカイラインを勢いよく後退させた。男たちを撥《は》ね、とりあえず現場から遠ざかる。背後で、銃声が重なった。

リア・バンパーに着弾した。

しかし、タイヤもリア・ウインドーも無傷だった。

郷力は竹田《たけた》市まで逃《のが》れ、山道にレンタカーを停めた。車内で三時間ほど仮眠をとり、別府市内に舞い戻る。車を借り替えたかったが、いまレンタカー会社の営業所に顔を出すのは危険だ。

郷力はスカイラインを放置し、路上駐車中のアリオンを盗んだ。車体はメタリックグレイだった。

郷力はアリオンを運転し、吉見の自宅に向かった。

車を門の前に停め、吉見邸のインターフォンを鳴らす。だが、なんの応答もなかった。どうやら吉見の妻は、『よしみ屋』の本館か新館にいるらしい。

「捜査に協力してくれねえか」

背後で、聞き覚えのある声がした。郷力は振り返った。

アリオンに凭《もた》れかかっているのは、なんと旧知のベテラン刑事の倉持功だった。

「東京から、このおれを尾行してきたんですね？」

「ああ、そうだ。そっちが都築稔殺しの事件《ヤマ》で探《さぐ》りを入れてきたんで、個人的に何か調べてるなと直感したしたわけさ」

「それは思い過ごしですよ。おれは、単に別府温泉に遊びに来たんですから」

「そんなに警戒するなって。そっちが何をしてても、別にかまわねえんだ。ただな、都築の事件の真犯人《ホンボシ》はおれが検挙《アゲ》たいと思ってるんだよ。ここしばらく、殺人犯を逮捕《パク》ってないんでな。おまえさんは元刑事だから、よくわかるだろうが、でっかい手柄を立てないと、どうしても若い連中に軽く見られる」

「倉持さんに協力したいのは山々だけど、おれが都築殺しに興味を持ったのは単なる気まぐれなんですよ。その証拠に、別段、事件を洗ったりしてないしね」

郷力はポーカーフェイスを崩さなかった。

倉持がにたついた。

「なんなんです、その笑いは？」

「おまえさんは気づかなかったようだな」

「えっ、なんのことなんです？」

「羽田空港で、そっちが搭乗《とうじょう》する便を確認してた不審な五十男がいたんだよ」

「ほんとですか⁉」

郷力は、わが耳を疑いそうになった。

倉持が水色のサマージャケットの内ポケットからカメラ機能付きの携帯電話を取り出し、ディスプレイに保存画像を再生した。郷力はディスプレイに目をやった。

あろうことか、石堂賢太郎専務が映っていた。郷力は頭が混乱してしまった。

てっきり首謀者は吉見潤だと思っていたが、真の黒幕は石堂専務だったのか。そうではなく、死んだ新津光明の片腕だった石堂は吉見の単なる協力者だったのだろうか。

どちらにしても、吉見と石堂には何か接点があるはずだ。

二人は、いったいどのような関係なのか。同世代であることを考えると、幼馴染《おさななじ》みか同窓生なのかもしれない。

「都築が射殺された現場の近くにある救急病院に『東都アグリ』の社員の瀬戸友季が入院してる。それから、都築の部下だった荻恵一というバイオ開発室の研究スタッフも何者かに殺害されてるよな？」

「そうなんですか」

「おまえさんも役者だね。瀬戸友季は、そっちの昔の女なんだろうが？」

「八年前に別れた女であることは認めますが、それ以来、彼女には一度も会ってないんですよ。だから、友季の近況はまったく知らなかったんだ」

「そうかい？」

「倉持さん、なんか奥歯に挟まってるんじゃないの？」

「いや、別に。それよりも、おれが羽田空港で盗み撮りした五十絡《がら》みの男のことを教えてくれないか」

「知らない奴なんですよ」

「おまえさんも喰《く》えない男だね」

倉持が苦笑した。

「隠しごとなんかしてませんって」

「『東都アグリ』は何か内輪揉めしてたようだな?」

「さあ、どうなんですかね?」

「そうではなく、ライバル会社と研究員の引き抜きを巡ってトラブルになってたのかもしれねえな。どっちなんだ?」

「そんなことを訊かれても、おれには答えようがありませんよ」

「しらばっくれるつもりか、とことん。せめて都築を殺った奴を教えてくれや。実行犯は金で雇われた殺し屋だろうが、依頼人を殺人教唆罪で捕まえたいんだよ」

「倉持さんの気持ちはわかるが、おれは何も協力できないな」

「おまえさんがそのつもりなら、手錠を打つほかないか」

「何を言ってるんです!?」

「おれは見てたんだよ、そっちが三時間近く前に地元のヤー公どもをスカイラインで撥ねたのをさ。あいつらは吉見潤の番犬たちのようだな。おまえさんは、なんで吉見をマークしてるんだい? 都築殺しに『よしみ屋』の三代目社長が関与してるのか?」

「知りませんよ、おれは」

「仕方ない。両手を前に出してもらおうか」

「わかりました」

郷力は命令におとなしく従う振りをして、倉持の鳩尾《みぞおち》に体重《ウェイト》を乗せたパンチを叩き込んだ。拳《こぶし》が深く沈む。

倉持が唸《うな》りながら、屈《かが》み込んだ。郷力は心の中で倉持に詫《わ》びつつ、身を翻《ひるがえ》した。

温泉街を走り抜け、大分駅行きのバスに飛び乗る。郷力は駅前商店街でスポーツキャップとファッショングラスを買い求め、素顔を隠した。

すぐにタクシーで、別府温泉に引き返す。偽電話で、吉見早苗が『よしみ屋』の新館にいることを確かめた。

郷力は宿泊客を装って、新館のロビーに入った。女将《おかみ》の早苗はフロントの横に立っていた。きょうも和服姿だった。

郷力は自然な足取りで早苗に歩み寄り、グロック17の銃口を脇腹に密着させた。

「手にしてるのは、モデルガンじゃない。おとなしくしてないと、撃つぞ」

「あ、あなたはフリーの週刊誌記者の……」

「喋るな。備品室はどこにある?」

「地下一階の機械室の隣にあります」

「そこに案内してくれ」

「わたしをどうする気なんです?」

早苗が震えを帯びた声で訊いた。郷力は無言で早苗の背を押した。

二人は階段を下《くだ》って、地階の備品室に入った。

郷力は電灯のスイッチを入れた。蛍光灯が一斉に瞬《またた》く。スチールの棚《たな》にはフラットシーツや毛布カバーが折り重ねてあった。寝巻きも堆《うずたか》く積まれている。

郷力は早苗を備品室の奥まで歩かせ、通路に這《は》わせた。獣の姿勢をとらせて、着物の裾を腰のあたりまで捲《めく》る。

早苗は和装用の下穿《したば》きを身につけていた。白い腿《もも》は、さすがに張りを失いかけている。それでも、なまめしかった。

「まさかわたしを……」

「妙な真似《まね》はしないから、安心しろ。恥ずかしい恰好《かっこう》をさせたのは、あんたに逃げられたくないからなんだ」

「ほんとなのね？」

「ああ。余計なことだが、和服のときはショーツは穿かないほうがヒップラインがきれいだと思うよ。おれは呉服屋の息子なんだ」

「あなたの言う通りね。でも、もう若くないから、パンティーラインが浮いてしまっても、さほど気にならないの」

「そうか。昨夜《ゆうべ》、旦那は帰宅しなかったようだね。どこに泊まったんだ？」

「大分市内のホテルです」

「いまは、どこにいる？」

郷力は畳みかけた。

「今朝《けさ》早く飛行機で東京に行ったはずです。何か急用ができたらしいの。でも、夫がどこにいるかはわかりません」

「石堂賢太郎という名に聞き覚えはあるか？」

「ええ、石堂さんは夫の幼馴染みです。石堂さんの家は別府温泉で飲食店を経営してたんだけど、三十年ほど前に火事で全焼してしまったという話よ。それで、石堂さんの一家は東京に引っ越したと聞いてるわ」

「そうか。これで、吉見と石堂が繋がったな」

「夫は石堂さんと共謀して、何か犯罪に手を染めてしまったんですか？」

「どうして、そう思ったんだ？」

「『大分フーズ』を共同経営することになってた都築さんが正式に退職する前に、誰かに射殺されたことがなんとなく引っかかったんです。都築さんは『東都アグリ』の回し者に殺されたんではないんですか？」

「多分、都築を始末させたのは吉見潤だろう」

「ま、まさか⁉　夫がなんで大学時代から目をかけてた都築さんを殺さなければならないんです？」

「都築が部下に盗ませた高級果物の画期的な栽培技術のノウハウを独り占めしたかったからだろうな。現にあんたの旦那は、アメリカの『ミラクル』って食品会社に開発データを十五億円で売ってる」

「ほんとなんですか⁉」

「ああ。吉見は共犯者の石堂と山分けしたんだろうな」

「主人が都築さんを焚《た》きつけて、開発データを盗ませたんでしょうか？」

「それは、まだわからないんだ。都築が自発的に新技術のノウハウを盗んで、独立する気でいたのかもしれない。しかし、結果的には開発データは吉見の手に渡ってしまったんだから、都築は利用されたってことになるな」

「そうだったとしたら、主人は悪人も悪人だわ」

「もっと悪党がいるようだぜ」

「それ、石堂さんのこと？」

早苗が言った。

「多分な。黒幕は、自分の手は汚さずに要領よく利益を得ようとする狡《ずる》い人間だ。そういう奴は赦《ゆる》せないっ」

「石堂さんは子供のころから吉見と仲がよかったと聞いてたけど……」

「大人になると、いろんな思惑《おもわく》や打算が出てくるから、いつまでもガキのころと同じようにはいかないんだろう」

「それじゃ、なんだか哀《かな》しいわ」

「そうだな。もう立ち上がってもいいよ。みっともない恰好《かっこう》をさせて済まなかった」

郷力は、ぶっきらぼうに謝った。早苗が起き上がって、乱れた裾を直した。

そのとき、郷力の携帯電話が着信音を発しはじめた。発信者は家政婦の加納智子だった。

「何かあったのかな？」

郷力は早口で訊いた。

「数十分前に保育所から電話があって、翔太ちゃんがいなくなったらしいんです」

「なんだって⁉」

「保育所の先生や事務の方たちがあちこち捜してくれてるんですけど、まだ見つからないんですよ。警察に捜索願を出したほうがいいんでしょうか？」

「もう少し様子を見よう。翔太君が発見されたら、すぐ教えてください」

「わかりました」

家政婦が電話を切った。

郷力は携帯電話を折り畳んだ。

ほとんど同時に、着信ランプが灯《とも》った。

郷力はディスプレイを見た。馴染みのないナンバーが表示されている。携帯電話を耳に当て、相手の声を待つ。

「吉見だ。瀬戸翔太を預かってる」

「やっぱり、そうか。おれの携帯のナンバーは、石堂賢太郎が教えてくれたんだな？」

「えっ」

吉見が息を呑《の》んだ。

「あんたの黒幕は石堂だったんだろう？」

「想像に任せるよ。おたくにやってもらいたいことがある」

「何をやらせる気なんだ？」

「入院中の瀬戸友季を絞殺しろ。翔太の母親は、都築が部下の荻に新技術に関する開発データを盗ませたことに勘づいてる節があるようだからな」

「都築がそう言ってたのか？」

「そうだよ。だから、わたしはあいつに殺し屋に荻を始末させて翔太を誘拐させ、母親を寸又峡に誘《おび》き出せと言ったんだ。しかし、雇ったスナイパーは出来損《できそこな》いだった。結局、瀬戸友季は殺《や》れなかった。そうこうしてるうちに、友季は脳挫傷を負って救急病院に担《かつ》ぎ込まれたんだ」

「彼女がいつか意識を取り戻したら、悪事がバレるかもしれない。そう思って、都築の愛人のカテリーナに友季を殺させようとした。しかし、カテリーナは失敗《ドジ》を踏んだ。だから、都築を射殺させたんだなっ」

「いずれ都築は始末するつもりだったのさ」

「都築をシュートしたのは、ドクターに化けて友季の病室に忍び込んだ男なんだな？」

「そうだ。あいつは殺し屋なんだよ、プロのな」

「最初っから、都築を利用するだけして口を塞《ふさ》ぐ気だったわけか」

郷力は確かめた。

「ああ、そうだよ。都築の奴は自分が開発データを手に入れたことを恩に着せて、

『東都アグリ』を正式に退社したら、『大分フーズ』の新社長にしろと言いだしたんだ。それからな、『よしみ屋』の役員にもしてくれと要求してきたんだよ」

「欲が深いな」

「その通りだ。だから、殺し屋に都築を片づけさせたのさ」

「アメリカの『ミラクル』から十五億円をせしめただけじゃなく、あんたは大手自動車会社や家電メーカーのシステムに凄腕のハッカーを潜《もぐ》らせて、企業不正や秘密を掴ませ、大分県に部品工場を強引に設置させようとしてるんだってな?」

「そこまで知ってるのか。なら、いまさら隠すことはないな。マスコミが数年前から格差社会のことを盛んに取り上げてるが、都市部と地方の経済格差は大きすぎる」

「そうだな」

「昔は別府温泉にも客があふれてた。しかし、デフレ不況になってからは大分、いや、九州全県の経済が冷え込んだ。特に別府温泉の寂《さび》れようはひどかったな。ホテルや旅館が次々に倒産し、土産《みやげ》店や飲食店も廃業に追い込まれたんだよ」

「あんたの幼馴染みの石堂賢太郎の実家は火事で焼け落ち、再建するだけの余力がなかった。それで、泣く泣く一家は三十年ほど前に東京に引っ越した。そうだな?」

「誰から聞いたんだ⁉」

「火を出したことで石堂一家は地元に居づらくなったんだろうが、働き口もすぐには見つからなかったんだろう」

「その当時は、まだ働くとこはあったんだ。しかし、賢太郎ちゃんの親父《おやじ》さんは昔気質の男だったから、隣近所の人たちに迷惑をかけたと故郷を棄《す》てたんだよ」

「そうだったのか」

「それはそれとして、このままでは地方都市は人口が減少し、やがてはゴーストタウン化してしまう。現に大分市や別府市にも〝シャッター通り〟になった商店街があるんだ」

「だから、汚い手を使ってでも、なんとか生まれ育った別府の活性化を図りたかったんだな？」

郷力は言った。

「そうだよ。国は地方を本気で救済する気はないようだからな。それだから、わたしは生まれ育った大分を復興させるため、あえて悪役《ヒール》になったのさ」

「きれいごとを言うな。そっちは大手企業の工場を強引に誘致して、いずれは県議選にでも出馬する気なんだろうが？」

「えっ、そこまで読まれてたのか⁉」

「図星だったか。地元の名士になりたくて大学の後輩まで利用して片づけるなんて、人の道から外れてる。あんたは屑《くず》だ。救いようがないな」

「ほざきたいだけ、ほざけ！　しかし、瀬戸友季は殺《や》ってもらうぞ」

「友季は、いま四人部屋にいるんだ。殺《や》るに殺《や》れないじゃないかっ」

「どんな方法を使っても、瀬戸友季の息の根を止めるんだ」

「翔太に会わせてくれたら、あんたの望みを叶《かな》えてやろう」

「何か企《たくら》んでるんじゃないだろうな？」

「こっちは、四歳の子供を人質に取られてるんだ。何かできるわけないだろうが！」

「それもそうだな」

「監禁場所はどこなんだ？」

「ちょっと待っててくれ。賢太郎ちゃんと相談してみるから」

吉見の声が途《と》切《ぎ》れた。通話孔《こう》を完全に手で塞《ふさ》いでいるらしく、遣《や》り取《と》りはまったく聞き取れなかった
「待たせたな。われわれは、世田谷区用賀《ようが》の家具付きマンスリーマンションにいる」

吉見がマンスリーマンションの所在地と部屋番号を告げた。

「人質は無事なんだな？」

「ああ。賢太郎ちゃんとトランプゲームをやってるよ」

「ちょっと声を聴《き》かせてくれ」

「いいだろう。ちょっと待て」

「わかった」

郷力は携帯電話を右手に持ち替えた。

ややあって、翔太の声が流れてきた。

「郷力のおじさん？」

「そうだよ。怕《こわ》かっただろ？」

「ううん、ちっとも。石堂のおじさん、ママの病気をすぐ治してくれるお医者さんを紹介してくれんだって。だから、ぼく、ここでお医者さんを待ってるんだよ」

「そうか。部屋には、石堂さんの友達がいるだけなのかな？」

「うん、そうだよ。おじさんの友達は、ぼくのことが嫌いみたい。話しかけても、ちゃんと返事をしてくれないんだ。でも、ぼくは平気だよ。石堂のおじさんは、とっても優しいんだ。そうだ、おじさんにエクレアとアイスクリームを買ってもらっちゃった」

「そうか」

「おじさん、どこにいるの？」

「九州の大分ってとこだよ。これから飛行機で東京に戻るから、三時間ぐらい経ったら、翔太君に会えると思う」

「おじさんがこっちに来るころは、もうママはいつも通りに喋ったり、笑ったりしてるんじゃないかな？」

「そうだといいな。必ず行くからね」

郷力は通話を切り上げ、備品室を出た。

後ろで、早苗が何か言った。しかし、郷力は振り返らなかった。


妙案が閃《ひらめ》いた。

エレベーターが三階に停まったときだった。用賀のマンスリーマンションである。

郷力は函《ケージ》から出て、目で火災報知機の非常ボタンを探した。それは、エレベーターホールの壁面に設置されていた。

郷力はそこまで走り、拳《こぶし》でプラスチックカバーを打ち砕《くだ》いた。ほとんど同時に、警報ブザーがけたたましく鳴り響きはじめた。

郷力は三〇五号室のドアの横まで駆けた。

別の部屋から居住者たちが飛び出してくるが、吉見も石堂も現われない。人質の翔太も姿を見せる様子はうかがえなかった。

吉見たちは翔太を殺して、逃亡したのか。不安が胸中をよぎる。

「火元はどこなの？」

三〇四号室から出てきた若い女が郷力に声をかけてきた。

「わからないんだ」

「煙も炎も見えないわね。警報ブザーの誤作動かしら？」

「そうみたいだな」

郷力は答えた。

女が舌打ちして、室内に引っ込んだ。郷力は三〇五号室のドア・ノブに手を伸ばした。内錠は掛かっていなかった。

郷力は部屋の中に躍り込み、グロック17の銃把に手を掛けた。間取りはワンルームで、十畳ほどのスペースだった。

ベッドの真横に、石堂が坐り込んでいる。放心状態だった。

シャギーマットに横たわっている男がいた。吉見だった。その首には、プリント柄のネクタイが深く喰《く》い込んでいる。

吉見は身じろぎ一つしない。もう絶命しているようだ。

郷力は石堂の襟元《えりもと》を見た。ネクタイは外されている。

「あんたが吉見潤を殺《や》ったんだな？」

「そうです。潤ちゃんが翔太君を殺して逃げようと強く言ったんで、仕方なく……」

「翔太君は？」

「浴槽の中に坐らされてる、粘着テープで手足の自由を奪われてね。口も粘着テープで塞《ふさ》がれてます。潤ちゃんが翔太君を浴室に閉じ込めたんですよ、わたしが殺すことに強硬に反対したんでね。わたし、十歳も年下ですが、亡くなった新津社長を尊敬してたんですよ。だから、社長の一粒種の翔太君を殺させるわけにはいかなかったんです。もちろん、わたし個人は瀬戸友季さんの命を奪うことには反対でした。しかし、幼馴染みが友季さんに弱みを握られた節《ふし》があるんで、生かしておくのはまずいと言いだしたんで……」

「それで、あんたは吉見に引きずられる形で犯罪に加担したわけだな？」

「そうです。わたし、どうしても少しまとまった金が欲しかったんですよ」

石堂が言った。

「火事で迷惑をかけた別府市の住民が元気をなくしてしまったんで、活性化させる資金が欲しかったのか？」

「潤ちゃんには、そういう気持ちが少しはあったでしょうね。ですが、わたしは彼と山分けした七億五千万円で会社の株を買い集める気でいたんです」

「どういうことなんだ？」

「会社の経営権を未亡人の瑠美さんが握ったら、いずれ倒産することになるでしょう。彼女は夫が一代で築き上げた会社に特に愛着は持っていないようですし、業務のこともまったく知りませんからね」

「あなたは、新津氏が興《おこ》した会社を守り抜きたかったのか？」

「ええ、そうです。筆頭株主になることは無理でも、大株主のひとりになれば、株主総会で発言権を与えられます。そうなれば、瑠美さんが無責任なことをしようとしても阻止《そし》できますでしょ？」

「なるほど。あんたが私利私欲のために吉見と共謀したんではないことは信じよう。しかし、株の購入資金の手立ての仕方がまずかったな」

「そうですね。わたしは会社の行く末を心配するあまり、つい分別を忘れてしまったんです。七億五千万円を手に入れるのに、『東都アグリ』の荻さんや都築さんの命を奪って、友季さんや翔太君にも恐怖を与えてしまった」

「翔太君をホストの堀内から横奪りしたのは、偽装工作だったんだな?」

郷力は確かめた。

「その通りです。潤ちゃんとわたしが知恵を絞って、最初は瑠美さんの犯行に見せかけようと画策したんです。その後は謎の集団による営利誘拐を装って、友季さんを寸又峡の〝夢の吊橋〟に誘い出したんですよ。潤ちゃんは雇ったスナイパーに友季さんを撃ち殺せと命じたんですが、わたしがこっそり的《まと》をわざと外すよう頼んだんです」

「それで、すべての謎が解けたよ」

「わたしは愚か者です。汚れた金で会社を存続させようとしても、新津社長は決して喜ばなかったでしょう。それから、わたしは大切な幼馴染みをこの手で殺してしまった。潤ちゃんが『東都アグリ』の都築さんから例の新技術ノウハウのことを聞かされたときに、われわれ二人は悪魔に取り憑《つ》かれてしまったんでしょう」

「そうなんだろうな」

「郷力さん、翔太君を連れ帰ってください。わたしは人を殺してしまったんです。それなりの償《つぐな》いをするつもりです」

「自殺はさせない。自首して、刑務所でたっぷりと償え!」

「どうか惻隠《そくいん》の情《じょう》を……」

「いい年齢《とし》して、甘ったれるな。自死なんて卑怯《ひきょう》だ。おれの知り合いのベテラン刑事を呼んでやるから、何もかも自供するんだっ」

「やはり、そうすべきでしょうか。ええ、そうすべきでしょうね」

石堂が自問自答し、吉見の遺体に手を合わせた。

郷力は懐から携帯電話を取り出し、倉持功に連絡をした。

「都築殺しの事件に深く関わった人物を突きとめましたよ」

「その前に、言うことがあるだろうがっ。ボディーブロウを放って、そっちは逃げたんだからな。九州のヤー公どもを車で撥ねたことには目をつぶってやってもいいが、現職のおれに手を出したんだ。公務執行妨害で逮捕《パク》ってやる」

「ちょっとやり過ぎだったと思いますが、あのときはああするしかなかったんですよ。お詫びのつもりで、倉持さんに電話をしたんです。急いで用賀のマンスリーマンションに来てください。都築殺しの一件、片がついたんですよ」

「おれに偽情報《ガセネタ》なんか喰《く》わせやがったら、正当防衛に見せかけて、おまえさんの頭を撃ち抜くぞ」

倉持が笑いながら、そう言った。郷力はマンスリーマンション名と所在地を告げ、終了キーを押した。

石堂は低く経文《きょうもん》を唱《とな》えていた。『般若心経《はんにゃしんぎょう》』だった。部屋に置き去りにしても、逃亡を図る心配はなさそうだ。すでに石堂は肚《はら》を括《くく》ったにちがいない。

郷力は浴室に駆け込んだ。

翔太は空の湯船の中で居眠りをしていた。郷力は翔太を抱き上げ、真っ先に口許の粘着テープを剝《は》がした。

「おじさん！　石堂のおじさんの友達が、ぼくをここに閉じ込めたんだ」

「そうみたいだな。もう何も心配することはない。八雲のマンションに戻ろう」

「その前に、ママのいる病院に連れてって」

翔太が言った。

郷力は同意し、手早く手足の粘着テープを引き剝がした。翔太を横抱きにしたまま、部屋を出る。

郷力はマンションの近くでタクシーを拾った。

友季の入院先に着いたのは、二十数分後だった。三階の受付カウンターで面会名簿に記帳していると、相部屋から家政婦の加納智子が現われた。

「郷力さん、翔太ちゃんは無事に見つかったんですね。よかったわ」

「詳しい話は後《あと》でします。それより、友季さんの容態《ようだい》が急変したんですか？」

「少し前に八雲のマンションに病院から電話があったんです。翔太君のお母さん、看護師さんが呼びかけたら、ほんの少し反応を示すようになったというんですよ。睫毛《まつげ》と両手の指先をかすかに動かすのをわたしも確認しました」

「そう遠くない日に意識が戻りそうだな」

郷力は翔太の手を引き、四人部屋に急いだ。

友季のベッドは、右側の手前にある。翔太が枕許に立って、大声で母親に呼びかけた。

すると、友季の長い睫毛が細かく震えた。指先も、わずかに動いた。

「ママ、何か言ってよ。ぼくの声、聞こえる？　聞こえたら、右手を高く挙《あ》げてみて」

「それは、まだ無理だよ。でも、そのうち以前のお母さんのようになるさ」

郷力は翔太の小さな肩に両手を置いた。

そのとき、友季の右腕が十センチほど浮いた。指先がピアノの鍵盤《けんばん》を叩くように順番に上下した。

郷力は、翔太に母親の右手を握らせた。翔太が両手で友季の右手を強く握った。

「間もなく意識を取り戻されそうね」

智子が言った。
郷力は黙ってうなずき、友季に大声で呼びかけた。
友季が瞼《まぶた》を動かした。次の瞬間、涙の雫《しずく》が零《こぼ》れた。大粒だった。
「ママ、わかってるんだね。ぼく、嬉《うれ》しいよ」
翔太が母親の胸に顔を埋めた。
郷力は鋭い目を和《なご》ませ、翔太の頭髪を無言で撫《な》ではじめた。

二〇〇七年七月 徳間文庫刊
（『猟犬の血』を改題）

本作品はフィクションであり、実在の個人・団体とは一切関係がありません。（編集部）

実業之日本社文庫　最新刊

姉小路 祐
偽装法廷
リゾート開発に絡む殺人事件公判で二転三転する〝犯人〟像。真実を知るのは美形母娘のみ。逆転劇に驚愕必至！　法廷ミステリーの意欲作。（解説・村上貴史）
あ10 1

池井戸 潤
空飛ぶタイヤ
正義は我にありだ——名門巨大企業に立ち向かう弱小会社社長の熱き闘い。『下町ロケット』の原点といえる感動巨編！（解説・村上貴史）
い11 1

伽古屋圭市
からくり探偵・百栗柿三郎　櫻の中の記憶
大正時代を舞台に、発明家探偵が難〈怪〉事件に挑む。密室、暗号……本格ミステリーファン感嘆のシリーズ第2弾！（解説・千街晶之）
か4 2

梶よう子
商い同心　千客万来事件帖
人情と算盤が事件を弾く——物の値段のお目付け役同心が金や物にまつわる事件を解決する新機軸の時代ミステリー！（解説・細谷正充）
か7 1

佐藤青南
白バイガール
泣き虫でも負けない！　新米女性白バイ隊員が暴走事故の謎を追う、笑いと涙の警察青春ミステリー！　迫力満点の追走劇とライバルとの友情の行方は——？
さ4 1

沢里裕二
処女刑事　六本木vs歌舞伎町
現場で快感!?　危険な媚薬を捜査すると、半グレ集団、芸能事務所、大手企業へと事件がつながり、大抗争に！　大人気警察官能小説第2弾！
さ3 2

実業之日本社文庫 み71

刑事《デカ》くずれ

2016年2月15日　初版第1刷発行

著　者　南《みなみ》 英男《ひでお》

発行者　増田義和
発行所　株式会社実業之日本社
〒104-8233　東京都中央区京橋 3-7-5 京橋スクエア
電話 [編集]03(3562)2051 [販売]03(3535)4441
ホームページ http://www.j-n.co.jp/
印刷所　大日本印刷株式会社
製本所　株式会社ブックアート

フォーマットデザイン　鈴木正道(Suzuki Design)

ISBN978-4-408-55279-8（文芸）